花祀り

花 房 観 音

幻冬舎文庫

花祀り　目次

花祀り　5
一　桃椿　8
二　橘香　32
三　睡蓮　104
四　華火菓　183
五　散華　189
花散らし　219
あとがきにかえて　281

花祀り
はなまつり

和菓子は、男を悦《よろこ》ばす女の身体《からだ》に似ている。
餅《もち》や求肥《ぎゅうひ》、寒天に餡《あん》に団子、どれも舌触りや感触が柔らかで、香りは淡くて品がある。
こんな官能的な食べ物はない——
和菓子を味わうように、私の身体を舐《な》める「老舗《しにせ》」の主人はそう言った。

一　桃椿《ももつばき》

食べ物の味がわからない――舌が味覚を感じない感覚を、美乃《みの》は生まれて初めて味わった。

胡桃《くるみ》餡を求肥で包んだその和菓子は、最近考案した中でも自信作のはずだった。

繊細《せんさい》な味覚に常に敏感であろうと、煙草《たばこ》も吸わないし、刺激の強過ぎる食べ物も普段は摂《と》らないようにしていたのに。食べ物の中でも和菓子の味は、とりわけ繊細でごまかしの利かないものである。

その美乃が今、口にした和菓子の甘味を感じられず、自分でも驚いている。

「結婚式は海外で挙げようって話してるんです」
そんな美乃の戸惑いに気づかずに、頰《ほお》を上気させながら喋《しゃべ》り続ける春菜由芽《はるなゆめ》がいた。
愛され守られ全てが思いどおりになり、輝く未来を疑いもしない幸福な女は美しく無敵だ
――美乃は呆然《ぼうぜん》としながらも由芽に見惚《みと》れていた。

「先生、聞いてるぅ？」

「うん、ちゃんと聞いてるよ。ちょっとビックリしただけ」

「ごめんなさい、内緒にしてたわけじゃないんです。でも、まだ、ちゃんとおつきあいもしていないんです……」

「え？　どういうこと？」

「相手の方は、父の会社の取引先の方で、ほんの一か月前に食事に誘われて、私、嬉《うれ》しくて。その時に、今度転勤でニューヨークに行くんだって言われて、だから、一緒に来てくれないか、って。ずっと私のこと好きだったけれど、なかなか言えなくて、でも離れてしまうから、駄目でもともとで告白したんだって言われたんです」

　由芽は頰を桜色に染めながら、恥ずかしさに眼の前にいる美乃の眼を見られなくなったのか俯《うつむ》いて話を続けた。

「思いがけなくて、私も実は、ずっと好きだったんですって言ったんです。だから、両想いだったんですね。想いが通じて、すぐ結婚なんてホントに急な話なんですけど、半年後にはニューヨークに行っちゃうらしくて、私も、離れ離れなんて考えられなくて。それに先生もご存知だと思いますけど、うちの父は昔気質で、それは彼もよくわかっているのできちんと筋を通しておこう、それには結婚しかないね、って」

由芽の父親、春菜建造《けんぞう》──日本でもトップクラスの化粧品会社の社長であり、ビジネス雑誌などでもよく顔を見かける。でっぷり太った体格を持て余すように貫禄《かんろく》を備えており、温和で人懐こい好々爺《こうこうや》といった印象を受けた。由芽の持つ穏やかで人を和ませる雰囲気は、この父親ゆずりかもしれないと思った。

幼稚園から都内の有名女子大学の付属に通った由芽は、絵に描いたような「お嬢様」だった。父に溺愛《できあい》され、守られ何物にも汚されず、真っすぐに成長した純白の花のような存在の由芽が、美乃には眩《まぶ》しかった。

羨望《せんぼう》と嫉妬《しっと》と──自分自身も知らぬ想いを抱きながら由芽を眺め続けていた。

考えてみれば二十三歳の娘に彼氏ができようが結婚話がこようが、珍しくないどころか当たり前の話のはずなのに──

それなのに、美乃は食べ物の味がわからなくなるほどの衝撃を受けた自分に驚いていた。

「先生、私、結婚するんです」

和菓子教室のあとに話があると声をかけられ、教室に二人残り、そんなありふれた言葉を聞いた瞬間に自分がそれほど衝撃を受けるなんて──

桂木《かつらぎ》美乃は三十一歳になったばかりだった。都内のカルチャースクールで和菓子を教えたり、創作和菓子の制作も手がけている。最近は情報誌に執筆することも増えてきた。エッセイを交えた料理レシピ集も出版している。

もともとは京都の老舗和菓子屋「松吉《まつきち》」で修業をし職人を目指していた。北陸の田舎町《いなかまち》に生まれ育ち、家を出て京都の大学に通っていた際にアルバイトでその和菓屋で売り子をしていたが、作るほうに興味が湧《わ》き、その老舗の主人の下《もと》で修業をしていたのだ。

大学生の時に、「松吉」で季節に応じた鮮やかな見た目と極上の味を兼ね備えた京菓子を知った時に、四季を大切にするこの日本文化を遺《のこ》して広めてゆきたいと思い、学生時代から修業をし、様々な「和」の美と教養を身につけていった。

「松吉」の主人の松ヶ崎藤吉《まつがさきとうきち》は、自分の娘ほどの年齢の美乃を甘やかさず厳しく技術と「心」を教えてくれ、普通の大学生だと足を踏み入れることのできない世界――例えば祇園《ぎおん》でのお茶屋遊びであるとか、茶道の大家や有名寺院の住職達との交流の場に行ったりだとか――そういうものを惜しみなく伝えようとしてくれた。

伝統というものが息づく京都という町の精神、そこに共に育ってきた――こころ――というものを、京菓子の世界を。

――松ヶ崎には感謝をしている、今の自分があるのは彼のおかげだ――

松ヶ崎の姿は今もたまに業界誌などで見かける。元舞妓《まいこ》の妻と高校生になる一人息子と一緒の時もある。

今年五十五歳になるのに昔と全く変わらないと、雑誌や新聞でその姿を見かける度《たび》に美乃は身も心も疼《うず》く複雑な気持ちになった。

二十五歳の時、美乃は松ヶ崎の下を離れ、修業の場を東京に移した。

美乃は、東京の和菓子屋で働きながら、見かけも美しく味も斬新《ざんしん》な和菓子を次々と考案していった。それがある日、テレビに取材されたのをきっかけに、雑誌などでも紹介されるようになり、「若くて美人で才能ある和菓子職人」として注目された。

けれど美乃は決して自分を職人などと思ってもいないし、自分のようなものに使っていい言葉ではないと思っている。

本物の職人というのは、あの人のような存在をいうのだ——と、美乃は自分を育て上げてくれた京都の老舗「松吉」の主人のことを思い浮かべていた。

「先生、大好き。ずっと憧《あこが》れてたんです。最初にお会いした時、ドキドキしちゃった」

春菜由芽にそう言われて、胸の鼓動《こどう》が高まったのは美乃のほうだった。

由芽は美乃の和菓子教室の生徒だった。わざわざ和菓子を教わろうという生徒なんているのかとよく聞かれるが、今は洋菓子よりヘルシーなイメージの和菓子の人気が高まり、美乃の担当する教室はいつも賑《にぎ》わっている。中には美乃自身のファンと称する娘も増えており、由芽はその一人だった。

最初に教室で由芽を見た時に、美乃は呆然となった。金色の細い糸が紡がれたようなオーラを身に纏《まと》う美しい女がそこにいた。古事記に登場する衣通姫《そとおりひめ》――その美しさが衣を通して輝くことからそう呼ばれ、兄との近親相姦の果てに心中したという姫――を連想した。

周りの受講生を圧倒する美貌《びぼう》を持ちながらも驕《おご》り高ぶらず、誰にでも優しく分け隔てなく接する由芽が教室にいると、そこが花に囲まれた楽園であるかのように空気が変わった。

背は高くもなく低くもない。バランスのいい身体つきで、胸も形よく丸みを帯びて膨らんでいて、服の上から見ても柔らかさを感じさせた。二の腕は白く、ほどよく肉がついていて餅を連想させた。腰は引き締まりお尻は胸と同じくこんもりと盛り上がっていて、張りがある。

昨年からは大学の時の友人倉田《くらた》朝子《あさこ》と連れ立って和菓子教室に通ってきている。

美乃を慕い積極的に近づいてくる由芽と美乃とは、カルチャー教室の先生と生徒を超えたつきあいとなり、一度だけだが由芽の家にも招かれたことがあるし、二人で食事に行く間柄にもなっていた。

由芽はよく、「先生って、綺麗《きれい》」と言ってくれる。確かに自分はここ数年で人前に出ることが増えたこともあり自分を磨いてきた。

だが、自分の内側の泥を覆い隠すための仮面のような容姿に比べ、由芽の美しさは、碧《みどり》を湛《たた》えた底なし沼のような現実感のない深みがあった。ある種、得体《えたい》の知れなさにも似た深さを。

幸福そうに結婚を語り輝きを増した由芽に見惚れていると、ひとつの絶望感が静かに美乃の身体中に広がっていった。

結婚、それどころか自分は男の人と普通に恋愛することもままならない。

言い寄ってくる男はいた。実際に半年前までは恋人のような男もいたが、三か月ほど交際して美乃のほうから別れを告げた。

別れを告げた理由を、男には正直に伝えていない。

——言えないわよね……言ったら私がどう思われるかよりも、彼の心を傷つけるかもしれないし、ましてや、セックスが満足できなくて、それが苦痛だからなんて……——

男のものがどうしようもなく欲しい時は、もちろんある。男の肌が恋しくてたまらない時もある。けれど自分を心から満たしてくれる男はいない。そうして満たされないことに、正直耐えきれないのだ。耐えきれないことに我慢ができたらいいのだけれど、つい求めてしまう。自分のこの欲望を満たして、応えて、と。

その男にも、もう少しでそれを言いそうになってしまい、傷つけまいと別れたのだ。

だから一人のほうがいい。今はオナニーでいい、と美乃は思っている。自分で自分を慰めることならば他人も自分も傷つかないのだから。


美乃は朝と夜寝る前に、自分を慰める。

朝、目覚めると無意識に手がそこを触っている。

布団を剝《は》がし、イタリア製の大きく白い花のオブジェに縁取られた姿見に向かって、挑み見せつけるように股《また》を広げ、自分の花園を開く。

小陰唇は少し色素沈着しているが、広げると深く濃い桃色の襞《ひだ》が蠢《うごめ》いて、我ながらいやらしい色をしている。自分の性器は、綺麗だ。男達にも賞賛《しょうさん》されたし他の女と比べても美しいと――あの時、知ったのだ。

裏ビデオというものも何度か見せられたことがある。裏ビデオどころか、実際に他人がセックスしている現場にも何度も連れていかれた。いわゆるスワッピングパーティのようなもので、その場で知らない男とセックスするように命令されたし、あの男《ひと》の前で知らない誰かにいきなり犬のように後ろから犯されたこともある。

あの男は美乃の秘所を写真に撮《と》り、それを見せて恥ずかしがらせるだけでは済まなかった。

大勢の男達が集まるあの場所で大きなスクリーンに美乃の花園が映し出された。そこに男のものがずっぽり入っている写真も映し出され、そのスクリーンの前で美乃は手足を縛られ、股間《こかん》を広げさせられ複数の男達に鑑賞された。おまけに一人ひとりに感想を告げられ、舐められ触られもした。

首輪をつけられ犬のように四つんばいで歩き、犬がするように片足を上げて放尿をするように命じられたこともある——あの家で。美乃は、男達の奴隷だった。

あの頃の自分は人間ではなかった。彼らの性処理の相手であった。ご主人様に飼われ従う犬でしかなかった。

そして美乃は、あの男から離れ東京に来てから、普通の男との普通のセックスでは満足できない身体になってしまっていたのに気づいた。同世代の女達がするような普通の恋愛やセックスをしてみようと、美乃は何人かの男とつきあいもしたし、寝てもみた。けれど、愛撫《あいぶ》されて挿入《そうにゅう》されて腰を動かし射精される、それだけでは物足りないのだ。

麻縄で拘束されて身動き取れない状態で、犯されてみたい。

屋外で浣腸《かんちょう》され苦しみ悶《もだ》える、その姿を観《み》られたい。

もちろん美乃は、自分の望むものが「ＳＭ」と呼ばれるものであることを知っている。そして大なり小なり人にはそういう性癖があることも。

いろいろな意味で、あの男は美乃にこの上ない贅沢《ぜいたく》を味わわせ、心と身体に存在を刻みつけたのだ。そして未だにそこから逃れることができず、未来が見えない自分がここにいる。美乃は、昔あの家で、男達にさせられたように鏡の前で大きく股を開き、自分の指で秘苑を開く。

——小陰唇を「花びら」とはよく言ったものだわ——花の中心からとろとろと白い蜜《みつ》が溢《あふ》れそうになっているのが見えた。

花の形をした和菓子を考案する時に、美乃は自分の花園のことを思い出す。誰にも言っていないが、椿の花をモチーフにして作り上げた『桃椿』という和菓子のモデルは、自分のこの、花園だ。

花の中心からこんもりと、溢れんばかりに盛り上がる蜜には濃い練乳を使い、花びらの部分には桃の風味の餡を使った。

股を開いたまま美乃は左手の中指で小さな花芯《かしん》を触る。直接だと刺激が強過ぎるので陰核——クリトリスを覆う皮の上から円を描くように、ゆっくりと力を入れずに撫《な》でるのだ。

あの男は美乃が泣いてやめてくれとせがむまで執拗《しつよう》に、表皮の上から触れるか触れないかぐらいの微《かす》かな力で、クリトリスを撫で続けてくれた。一時間もそれをされていると狂いそうだった。身も心も高まってはいくが絶頂にはいかないように、時には緩急つけながら撫でるのだ。ただそこだけを。

そんなことを思い出しながら、美乃は鏡の前でかつてそうされたように撫で回し続けていた。

毎日、美乃はこうして自分の悦楽の源に触れずにはいられない。

自分から逃げて、捨ててきたはずなのに。

――由芽は、もう婚約者と寝たのだろうか――

ふと、そんなことを考えた。

――あの様子では、おそらく寝たはずだ――

根拠のない女の勘《かん》ではあったが確信はあった。

由芽には今まで男の影は一切なかった。きっとあの厳格な父親に周りも恐れをなしていたのであろうし、由芽自身もそこからはみ出ることもなかったのだろう。

由芽は処女だったのだろう。あの侵しがたい神々しさは、処女であったがゆえに違いない。

そしてその由芽の婚約者という男は、きっとその父親のお眼鏡に適《かな》ったのだ。どこの馬の骨ともわからない男に、娘が惚《ほ》れて傷つき汚されるくらいならば、早急にその男の下へ嫁がせたほうがいいと思ったのだろう。大事な純血の娘を宝石箱に入れたまま、別の鍵つき金庫に移すように。

私は由芽と正反対だ。過去に囚《とら》われていて苦しい——知らなくてもいい世界を知り穢《けが》れてしまい、もう普通の男との恋愛や結婚も諦《あきら》めないといけない——

私と違ってあの歳まで愛され守られ生きてきた由芽のあそこって、どんなかしら。

美乃は今度は両手を使って小陰唇を摘《つま》み自分のその部分を広げてみる。

やっぱり由芽は、ここも綺麗なのかしら。

あんな透明感も潤いもある白い肌の持ち主なんですもの、あの娘《こ》のここが美しくないわけがないわ。

私のより綺麗なのかしら……。

美乃はベッドの脇のサイドボードから、ネットで購入したバイブレーターを取り出した。ピンクのスケルトン仕様で中身が見える。挿入する部分と、振動してクリトリスを刺激する部分がある、月並みの大きさだ。

由芽は、今はもう処女ではないに違いない。

あの恥じらい方は結婚を報告することだけではなく、自分がもう男を知ってしまったことの照れもあるのではないか。

——悔しい——

ふいに、心の奥から激しい怒りが込み上げ、全身の血が沸き立ってくるのを美乃は感じた。

あの娘を、誰かが犯したなんて。

服を脱がせ、あの身体を愛《め》でて触ったり舐めたりして、あげくの果てには綺麗な花壺の中に、あんなものを入れただなんて。

存在そのものが聖域であるような由芽に、男の肉の棒ほど似つかわしくないものはない。

——どこの誰か知らない男のものを、あの娘が受け入れるなんて——

怒りにまかせて美乃は自分の中に入れたバイブレーターのスイッチを押した。

静かな部屋にバイブレーターの音が鈍く響き渡る。

バイブレーターは美乃の花園に顔を突っ込み、尻を振るように動いていた。まるで荒々しい獣に喰われる小動物のように、そこはいやいやとかぶりを振りながらも喰われている。

その様子を美乃は鏡に映して、じっと見ていた。自分の股間で頭を喰い込まれうねうねと動く性玩具の滑稽《こっけい》なさまを。

寝起きなので化粧をしていない。けれど、そんな自分でも今は人から賞賛されることも増えた。由芽ほどではないが色も白く、三十路《みそじ》を超えると肌に艶《つや》が出てきたと言われることも多くなった。寝た男達からはそのしっとりとした肌はいつも悦ばれた。

切れ長の眼、すっとした形のいい鼻と面長の輪郭は、純和風の美人だと言われる。口はそんなに大きくはないが、唇がぷっくりとしていて見るからに柔らかそうで、こうして化粧をしていなくても桃色めいて艶がある。

身体はしっとりと脂肪で覆われ、乳房は豊かで、たぷん、と揺れている。学生時代は太っていたが、その後痩《や》せた時でも胸だけはなぜかそのまま豊かだった。

――女の身体は和菓子のように、柔らかさと白さと、触れた時に肌に吸いつくような潤いを持っているのが、一番いやらしい――あの男がよく言っていた。

それならば私の身体は、きっとあの男の手によって和菓子のように、いやらしく創作されてしまったのだろう。

そして由芽も自分のように初めての男の手によって創作されてしまうのだろうか。

――悔しい――

美乃は自分の中に由芽に対して、生徒として可愛がる気持ちとは別の、羨望や屈折した嫉妬のような感情があることは、以前からうっすらと自覚していた。そして由芽が結婚し、男を知り日本から離れてしまうかと思うと、今まで抱いたことのない感情が決壊し、溢れてきたのをどうすることもできなくなっていた。

――私のファンだって言ったじゃない。先生のこと、大好きだから、ここに来てるんですって。先生に会いたいから、ここに来てるんですって……言ったじゃない――

「先生がもし結婚されて辞められたら、すごくショックで素直に祝福できないと思います」

そんなことも言っていた。

それなのに、それなのに。

私への気持ちを捨てて、私を置いて、あの娘は男とニューヨークへ行ってしまう。

そんなこと、許さない。許せない。

私の知らない男が、あの娘の桃色の綺麗なぷくぷくした唇を吸い、無骨な舌を入れ掻《か》き回し、あの綺麗な花壺を舐めたりしているなんて、許せない。

あの娘に男の匂いがつくなんて嫌だ。由芽の全ては私のものなのに。

そんなことを思っている自分に美乃は驚いた。

由芽のおまんこは、私のものよ!!

美乃は股を開いたまま、バイブレーターを出し入れしていた。

美乃の脳裏に男に股を開かされ覆いかぶさられ、花壺を舐められ恥ずかしそうに声を上げるのを我慢している由芽の姿が浮かんだ。

毛は濃いのかしら、薄いのかしら。あの娘の柔らかい髪質からいったら薄いような気もするけれど、濃くても薄くてもいいわ。

ああ、だけど、もう誰か男にそこを見られて、舐められているなんて。

美乃は、かつて女ともセックスしたことがあった。あの場所で男達が連れてきた女と、皆の前で絡まされたことが何度かあり、その際に女の性器を舐めたこともある。貝合わせという、女同士でそこを擦《こす》りつけあうことをしたこともある。

「由芽のおまんこ、見たい」

気がつけば、口に出していた。

だけど、もう由芽は遠くに行ってしまい会えないのだ。男に抱かれ女となり妻となり、やがて子供を産むだろう。

許せない。

男に舐められる由芽の姿を想像しながら、美乃は激しくバイブレーターでピストンを繰り返していた。酷《ひど》く凶暴な性欲に駆り立てられた。

由芽の婚約者は、おまんこを舐めるのが好きな男なのかしら。

自分のモノを舐めさせたりもしているのかしら。

あの娘が、そんなことをするなんて、想像もつかない……。

かつて自分が何人もの男のものを咥《くわ》え、そこから出る白濁の液を飲み干したことを思い出した。

由芽は、もう飲まされたのかしら。男の匂《にお》いが強く苦い液体を——飲み干すと喉《のど》の奥がツンとする男のジュースを――

そんなの嫌だ。あの娘の白い喉が男の液体を、ごくごくと飲み干しているなんて。

「由芽!」

そう思った瞬間、怒りながら、美乃は絶頂に達し、大声を上げてしまっていた。


由芽ちゃんの婚約者に会ってみたいわ。

そう言い出したのは、美乃のほうだった。結婚準備で多忙になるから、これからは和菓子教室もちょくちょく休むかもしれないと告げられたので、それまでに一度食事でもしましょうよと声をかけた。

由芽とその婚約者、そして倉田朝子と美乃の四人で会うことになった。

食事場所は由芽の婚約者が予約をしてくれた。

美乃は、その日シャワーを浴びて黒のレースの下着を身につけた。

ブラジャーとパンティを身につけ鏡の前に立ち、じっと自分の姿を見つめながら、軽くウェーブのかかった肩まであるセミロングの髪をかきあげた。

「先生って、綺麗で色っぽくて、憧れちゃう」

由芽に何度そう言われただろうか。

大学時代、二十代初めの頃は誰も美乃のことをそんなふうに言わなかった。田舎者丸出しで服装のセンスもなくて、何を着たらいいのかわからなくて、いつもジーンズとトレーナーだった。太っていて眼鏡をかけているので、何も似合わないから無難な格好をするしかないと思っていたのだ。

学校の勉強も興味が持てず、彼氏もできなかった。自分に自信がなく、毎日が楽しくなかった。

そんな美乃を救ってくれたのは、やはりあの時に「松吉」で京菓子の文化に出合ったこと――そして、「松吉」の主人の松ヶ崎と出会ったことだったのは間違いない。

美乃はブラウンのパンツスーツを身につけた。プライベートな食事に行く服装というよりは、どちらかというとビジネスの際に着ることが多いスーツである。

若い女が一人で仕事をしていると、どうしても偏見の眼で見られ、なめられてしまうことがある。

事実、誰かパトロンがいるんだろうとか、枕営業をしているんだろうと、根拠のない陰口を言う同業者がいることも知っている。

なめられてはいけない。隙《すき》を作ってはいけない。そうやって身を守り、張り詰めて今まで仕事をしてきた。

なぜか由芽の婚約者に会うのに、そういう闘争心にも似た気持ちが蘇《よみがえ》ってきた。

負けたくない、と。

濃いめの上質感のある赤い口紅をひいて、美乃は家を出た。

由芽の婚約者が予約した店は、どこから見ても高級そうな日本料理店だった。

その男は確か二十八歳だと言っていた。若いサラリーマンなのにこういう店に来なれているのだろうか。経済的に裕福で、加えて由芽の父に気にいられる如才のなさも持ちあわせているということは、いろんな意味で、「できた人」なんだろう。

——なんて嫌な男——

美乃は、これから会う男のことを思い大きく深呼吸した。

着物姿の店員に案内されて個室に入ると朝子がいた。朝子は仕事帰りなのか地味な紺のスーツを着ていた。

「朝子ちゃん、こんばんは。そうしていると、すごく普通のＯＬみたいね」

普段の朝子のラフな服装を思い浮かべながら美乃はそう言った。

「由芽達、もうすぐ来ます。さっきメールがありました」

朝子にそう告げられて美乃は緊張感を覚え、背筋を伸ばし腹筋に力を入れた。

美乃が席につき五分とたたないうちに襖《ふすま》が開き、由芽が顔を出した。胸にコスモスの刺繍《ししゅう》があり、袖《そで》と襟が黒のレースの真っ白なワンピースを着ていた。

目が覚めるような、白。花嫁の色。穢れていないことを証明する色――純白。

「お待たせして、すいません」

そう言った由芽の後ろから一人の男が顔を出した。

普通の男だと美乃は思った。そして失望した。

由芽のような美女に似合う男は、絵に描いたような美男子だと勝手に想像していたのだ。

眼の前に現れたのは人のよさそうな顔をした平凡で特徴のない男だった。童顔で由芽と同い年ぐらいに見える。

「先生、こちらが石田譲《いしだゆずる》さん」

「はじめまして、いつも由芽ちゃんからお話は伺っています。一度、どうしてもお会いしたかったんですよ。彼女、先生の話をよくするんです。憧れの自慢の先生だって」

どういう表情を作ればいいのか一瞬戸惑ったが、いつもの営業用の顔をすればいいのだと、美乃は笑顔を作った。

四人が席に着くとビールを注文した。

「それで、いつ頃、式と披露宴を予定されてるんですか？」

「僕のニューヨーク転勤が八月なんです。準備もいろいろあるし、六月には式だけどこか海外で挙げて、披露宴は国内でやるつもりです。披露宴にはぜひいらしてください」

「ジューンブライドね。海外って、どこでするか決めたの？」

「まだなんです。ハワイは月並みではあるけれど、いいなぁって思うんですが、パパとも相談してから決めようかなって」

「でも、六月か……今が三月だから、なんだかんだ言ってもうすぐね」

「向こうに行ったら、なかなか帰ってこれないし、赤ちゃんとかできたら、なおさら行けないから、今のうちに国内旅行とかしておきたいんですよね」

いいわね、それは、と美乃は相槌《あいづち》を打った。

凝った料理が次々と運ばれてきた。どれもこれも、上品で美味だった。

石田は酒の注文をこまめにし会話を途切れさせず、しかしでしゃばらずで、ソツのない男だという印象を受けた。

ささいな言葉やしぐさに由芽を大事に思い、守ろうとする様子が感じとられた。由芽に惚れきっているのは間違いない。

——あなたは、もう、由芽のおまんこを舐めたの？——

そう聞いてみたい衝動に駆られた。

食事を終え会計は美乃が払うと言ったが、それを制して石田がカードを出した。

「いいのに、私が誘ったんだし」

「これからもお世話になるんだし、僕の顔を立ててください」

結構な値段だったはずだ。

なんだかんだ言って由芽は贅沢に育てられた恵まれたお嬢様だ。経済的にも余裕がないと、今までの生活水準を保つことはできないだろう。本当に何から何までソツがない。

駅が近いので朝子は電車で帰って行った。美乃は由芽と方向が違うので一人でタクシーに乗り込んだ。

運転手に行き先を告げ、ふと振り向くと、美乃の乗ったタクシーを見送りながら由芽と石田は手を繋《つな》いでいた。

もう、ああすることが自然になっているのか。

本当に嫌な男だ。そして、くだらない男。

あんなつまらない男のつまらない妻になり子供を産み、ただその男だけに傅《かしず》き子供を育てることが「自分の幸福」となって、いつの間にか家庭に閉じこもり、そしてそのまま朽ちて、花を枯らしていくのか。

あんな平凡な男の妻に、あの娘がおさまるなんて。

あんな――世に稀《まれ》な儚《はかな》い美の結晶のような娘が――

その時、ふと、あることを思いついた。

それまでそんなことを思いもしなかったのに。

美乃は、その自分の思いつきに密《ひそ》かに微笑《ほほえ》んだ。


「京都？　ホントに、いいんですか、先生？」

受話器の向こうで由芽が弾んだ声を出していた。

「先生、東京に来られるまで住まわれてたから、京都にお詳しいんですよね。でも、お忙しくないんですか？」

「ちょうど授業もない時期だし問題ないわ。私も久しく行ってないから昔の知りあいとかにも会いたいの。それに、その時期は、きっと桜がすごく綺麗よ」

「私、京都は修学旅行以来です。ホントに私もご一緒していいんですか？　ご迷惑じゃありませんか？」

「結婚してニューヨークに行っちゃったら、ゆっくり過ごせることもないと思うし、行ける時に行っておきましょうよ」

桜の季節、美乃は由芽を京都旅行に誘った。

私は何をしようとしているのだろうか。

いつもオナニーの時に、自分の陰花を映している鏡に向かい美乃は自分自身に問いかけた。もしかしたら彼女に対して、すごく酷いことをしようとしているのかもしれない。一人の人間の人生を狂わせようとしているのかもしれないのだ――かつての自分のように。けれど。自分の中の激しく猛《たけ》り狂う獣を、もう宥《なだ》めることはできなくなっていた。押さえきれないのだ。

怒っているだろうかあの人は。自分の下を飛び出して東京に逃げた私を。いや、松ヶ崎ならば。協力してくれるはず、私の企《たくら》みに手を貸してくれるはずだ。私がこうすることを喜ぶに違いない、私をこんなふうにした男だから。

美乃は携帯電話をもう一度手にした。

東京に出てきたのが二十五歳の時だから、六年ぶりにかける電話だった。番号が変わっていなければいいのだがと思いつつ、忘れることのできなかった番号を美乃は押した。

コール音が何度かなる。忙しい人だ、留守電になるかもしれない。

いっそ留守電になってくれたほうがいいと思った。そうしたら……まだ私は引き返すことができる。

「――もしもし――」

男が電話に出た。六年ぶりに聞く、かつて最も愛し、最も憎んだ男の声だった。

二　橘香《きっこう》

松ヶ崎藤吉と初めて会った時に感じたのは、まずその圧倒的な威圧感と、絶対的な存在感だった。そこに黙って立つだけで、その場の空気を一変させてしまう男だった。

百八十センチ近い長身と、引き締まった堂々とした体軀《たいく》——それだけではなかった。この男には、敵《かな》わない。絶対に自分は敵わないと、最初に出会った時から、そう思わせる何かがあった。

当時二十歳の大学生だった美乃は、学校の紹介で京都の老舗和菓子屋「松吉」でのアルバイトに応募した。

美乃の仕事は店頭で商品を買い上げた客に、お茶を出すことだった。

華やかで色とりどりの和菓子が並ぶカウンターでは、数人の店員が客に品物を勧めていた。

「松吉」では、客が選んだ品を店員が包装する間に、「お時間がございましたら、お茶をどうぞ」と声をかけて、店内奥のテーブルで、小さめの季節の和菓子とお茶を出す。このサービスが好評で、それが美乃の仕事であった。

「松吉」の主人である松ヶ崎藤吉は、毎日一度は店頭に顔を出した。経営者であり和菓子職人でもある松ヶ崎は、父の跡を継ぐために、六歳の頃から和菓子作りの修業をしてきたという。

先代の主人だった父親は、彼が三十歳を過ぎた頃に亡くなり、それからは松ヶ崎がこの店を支えてきた。

松ヶ崎が店内に現れると緊張感が走った。店頭売りの和菓子を彼が実際に作るということは今はもう滅多にしていないが、新しい商品開発や著名人等からの注文品などは松ヶ崎が直《じか》に手がけていた。

オーラのある人というのは、こういう人のことをいうのかと美乃は初めて知った。

当時は四十代半ばではあったが、人に口答えをさせぬ威厳があり、店員達も軽口をたたけるような存在ではなかった。だからといって厭《いと》われているわけでもなく、肌理《きめ》細かな心遣いと、卓越した技術とセンスに信頼も厚く、慕われていた。

松ヶ崎は店内に入るといつもぐるっと見渡し、商品が陳列されているケースを丹念に見る。

そして、隅々まで抜かりなく、チェックしていた。

松ヶ崎の妻の姿を、美乃は直接には一度しか見たことがない。妻は商売には興味がないらしく、店舗に現れることはなかったが、一度テレビ局の取材で「京都和菓子老舗の主人と元舞妓の妻」として和服姿で現れたことがあった。

元舞妓なだけに、美人で品はあった。バランスよく並んだ眼鼻立ちが幼さを残し、年より若く見えたが、カメラの回っていないところでは店員達や商品にも無関心で、その無表情は何を考えているのかわからない女だと美乃は思った。

テレビカメラの前では慣れた笑顔を見せたが、リポーターの発言に相槌を打つぐらいで自分からは喋らなかった。

松ヶ崎の妻は古くからいる社員達には軽く頭を下げはするが、美乃達アルバイトに対しては完全に無視を決め込んでいた。

美乃は撮影前に、「はじめまして」と、挨拶《あいさつ》に行って頭を下げたが、一瞥《いちべつ》もされなかった。松ヶ崎の妻は、鏡を見てテレビに映る自分の表情をどうするかだけしか関心がないような態度だった。

ああ、この人は、自分は特別な存在だと思っているんだわ。下々の、他の人間と自分とは違うのだと。だから私達には関心もないし、挨拶するのも億劫《おっくう》なのだろう——そういう印象を受けた。喋る価値もないから挨拶をしても返さない。そして自分は、そうすることが許される人間だと思っているのだ、と。

出過ぎず、夫を陰で支える妻――テレビを見た人達は、そんな印象を持ったことであろう。

けれど美乃には、美しいけれど中身のない人形のような人だと思えた。

画面の向こうの視聴者にとっては、老舗和菓子屋の厳格な職人肌の主人と、夫を支える元舞妓の口数の少ない上品な妻は、絵に描いたような京都の上流階級の姿だったに違いない。

松ヶ崎が、こんな女を妻にしていることに、美乃は軽く失望した。彼女は確かに見かけは綺麗で「飾り」としては高級品だろうが、賢さや奥床しさなどまるでないつまらない女に思えた。

子供は男の子が一人いると聞いていたが、店に顔を出すことはなかった。

「松吉」で働きながら、美乃は季節をモチーフにした京菓子に次第に夢中になっていった。

春は桜、冬は椿、梅雨の紫陽花《あじさい》。

繊細で美しく、なおかつ上品な味を持つ京菓子の世界、これこそが一級の芸術品だと、美乃の食べ物に対する価値観は変わった。大学では国文学を専攻していたが、学校での勉強よりこの京菓子の世界を学びたいと思い始めた。

店頭が暇な時は、厨房《ちゅうぼう》の中の洗い物などもまかされたので、菓子を作る過程などを見ることもできた。

やがて美乃は「松吉」で作る菓子はむろんのこと、他の店の京菓子も、新しい商品が出る度に買いに行き、写真に撮り、感想などを書いたノートまで作るようになっていた。

販売員の主任は、その当時、もう還暦を過ぎた、先代の頃から働いているという味沢《あじさわ》という女性だった。彼女は厳しい人ではあったが、知識も豊富で面倒見もよかった。美乃のことを若いのに和菓子に興味がある娘として目をかけてくれ、売れ残りの商品などをこっそりと持って帰らせてくれた。

ある日、美乃はその京菓子の写真と感想をまとめたノートを味沢に見せた。

そして大学の卒論には、日本文学と和菓子を絡めたものを書きたいんだということも打ち明けた。

菓子の始まりは、古事記に登場する第十一代垂仁天皇《すいにんてんのう》に仕えていた田道間守《たぢまもり》が中国から持って帰ってきた橘《たちばな》（柑橘類の実）だという説がある。

海を渡った国に、食べると不老不死になる「非時香菓《ときじくのかくのこのみ》」という木の実があると聞いた垂仁天皇は、田道間守にそれを取ってくるように命じて海を渡らせた。田道間守は、十年かかってやっとそれを見つけ国に持ち帰ってきたが、すでにその時、垂仁天皇は亡くなっており、田道間守自身も嘆き悲しみ死んでしまった。

奈良に垂仁天皇の陵《みささぎ》があり、その傍《そば》に、田道間守のお墓もある。

その「非時香菓」が、今の橘で、それが「菓子」の始まりだと言われており、田道間守が菓子の神様として祀られている神社などもある。

そういった歴史的なことなどもそのノートには記されていた。

他にも美乃なりに、こんな和菓子があったら綺麗ではないかというデザインと、レシピなども少し載せていた。

味沢は興味深くそのノートを眺め、しばらく借りていいかと聞いてきたので、美乃は快く承諾した。

そして、一週間ほど経《た》った頃だろうか、休憩時間に、味沢から、「桂木さん、ちょっと今日仕事終わってから時間ある？」と、聞かれたのだ。

あのノートが何か味沢を不愉快にしてしまったのだろうか――たかがアルバイトが、知ったかぶってあのようなノートや、ましてやデザインなども描き、得意げになっていたことを快く思われなかったのだろうかと、美乃は狼狽《ろうばい》した。

「いややわ、そんな顔せんといてな。怒られるわけやないし、安心し」

と、味沢が笑ったので、とりあえずホッとしたが、その日の仕事はいつもより長く感じられ、まんじりとして過ごした。

美乃が夕方六時に仕事を終え着替えていると、味沢から呼ばれた。

「実は、あのノートすごくおもしろぅて感心して、社長に見せたんやわ。そしたらな、社長があなたと話してみたいって、言うてはるねん」

驚く美乃を、味沢は店舗の奥の今まで足を踏み入れたことがない社長室まで連れていった。

味沢がノックをすると、中から、

「お入り」

と、低い声が聞こえ、「松吉」の主人である松ヶ崎が、いつもテレビに出る時や来客の際に着る和服を身につけて椅子《いす》に座っていた。

美乃を案内すると、すぐに味沢は帰ってしまった。松ヶ崎と二人きりになり、美乃はどうしたらいいのかわからずに立ちすくんでしまった。緊張で、手が震え出す。

「そんな蛇《へび》に睨《にら》まれた蛙《かえる》のような顔をせんでええし。とにかく、そこにお座り」

松ヶ崎は表情を崩して、自分の向かい側のソファーを勧めた。

この人が、こんな笑い方をするところを初めて見たと思いながら、慌てて座る。

笑うと眼尻の皺《しわ》が柔和な印象を与え、それまでの緊張感が軽減され、少し美乃は楽になった。

「桂木さん、か。ノート見せてもらったんや」

「すいません……」

「何で謝るんや？」

「たかがアルバイトが知ったかぶったことを書いて……調子に乗ってたんです、すいません」

「あんたは、京菓子が好きなんか」

「こちらでアルバイトさせていただいて、こんな世界もあるんだって知って……世界が変わったっていうか、学校の勉強よりよっぽどおもしろくって。そしたら、もっといろんなことを調べてみたくなって、勝手にそんなノート作ったりしてたんです」

「このノートの、このページ」

松ヶ崎が美乃のノートをとりだし、ページをめくった。

「この、橘の水菓子、ええなぁ」

「それは、垂仁天皇陵の前方後円墳の傍に田道間守のお墓があるのをイメージして、その二つのお墓を柑橘系の数種類の果物で考えてみたんです。水はお墓を囲む水で、その中に二つ並ばせて……」

「これを商品にしてみようと思うんやけど、ええかな」

松ヶ崎が、じっと美乃の眼を見た。揺るぎない強い力を持つ瞳《ひとみ》の中に、自分が映っていた。

やっぱり蛇に睨まれた蛙だ、と思った。

こんなふうに見られたら、嫌だなんて言えない――いや、私は、この人には、逆らえない

——敵わない。

「それは……私にとって、すごくありがたいことですけど……」

「明日にもわしが試しに作ってみようと思うてるんや」

自分の考案した和菓子が店頭に並ぶ——それを想像したら、美乃の身体にさっきと違う種類の震えがきた。

「そやから、それにあんたも立ち会って欲しいんや。商品化するかどうかは未定や。生産に手間とコストがかかり過ぎるんやったら断念せなあかん。何より、味も作ってみんとわからへんしな。名前は、非時香菓からとって、『橘香』なんて、どないやろ、と思うとる」

髪は短く刈り上げている。背が高く、身体は細身だががっしりと胸板が盛り上がっているのが着物の上からでもわかる。指が節くれだっていて太い。これが本物の職人の指なのかと、美乃は眺めていた。あの繊細な京菓子を作り出す指——

何度か厨房で松ヶ崎自身が和菓子を作るのを見たことがある。もちろん、じっと観察することはさすがにできないが、皿を洗いながらちらちらと盗み見ずにはいられなかった。

その節くれだった太い指で、白餡を捏《こ》ねて十五夜の兎《うさぎ》を作っていた。無骨にも見える指なのに、人差し指と中指を、ゆっくりと撫でるように動かし、餡をなぞり、指の関節を曲げ内側にきゅっきゅっと締めつけるように突起を作る。白餡の突起になった部分を、今度は親指で円を描くように撫で回し、滑らかに形づける。それが兎の耳にあたる部分であった。

同じように指を動かし、もう一つの耳を作り上げる。

美乃は、その太い指の滑らかで繊細な動き、突起を作り、それを撫で回すように形づくられる様子に、洗い物の手を止《と》めて見惚れてしまった。

ため息が漏《も》れる。

松ヶ崎は、和菓子だけではなく、あんなふうに女にも触れるのだろうか——一瞬そう考えた自分を酷く恥じた美乃は、その考えを振り払うように洗い物に戻った。

けれどあの時に見た、白餡で兎を作る、あの松ヶ崎の指の動きは、忘れられなかった。

餡を捏ね、求肥を捻《ひね》り、餅を揉《も》み蜜を掬《すく》う指を——

そのことを、今、思い出してしまった。

「あんたは、将来、この世界に入りたいんか？」

松ヶ崎が、そう聞いてきた。美乃は我に返り、

「はい」と、間髪《かんはつ》を容《い》れずに力強く答えた。

「この世界は、生半可なことやないで。そやけど覚悟があるんやったら、わしの下でいろいろ学びはったらええ。学べばいいという言い方は横柄やな。わしから、いろいろ盗んでいけばええ。覚悟があるんやったら、やけど。そのかわり容赦しぃひんで」

美乃の心は決まっていた。

「お願いします」

と、深く頭を下げた。

その日に美乃の運命は決まった。

アルバイトが終わったあと、休日にも松ヶ崎が和菓子を作る傍に機会があればいることができた。

作るだけではない、松ヶ崎は、「一流」を教えるために、平凡な女子大生であったはずの美乃を、財界人などとの会合にも時折呼んでくれた。祇園のお茶屋にあがるという体験もさせてくれた。

松ヶ崎は厳しく、容赦なく美乃は何度も怒鳴られた。優しい言葉などはかけてもらえなかった。

それでも美乃は必死だった。そうやって本気で叱《しか》り、投げ出さずに教えてくれることで、松ヶ崎への恩を感じていた。恩を感じる毎《ごと》に、ますますこの人には敵わない、そして離れられないと思うのだった。

思いがけぬ形で松ヶ崎と身体の関係を持ったのは、美乃が大学を卒業した直後だった。

美乃は本当はずっと前から松ヶ崎に抱かれたかった。

あの厨房で、白餡を捏ねる松ヶ崎の指を見た時から、触れられたいと望んでいた。

けれど、この師弟関係が崩れるのも嫌であったし、そうすることで松ヶ崎を失いたくないという想いが強かった。自分にとっては一人の男というよりも、偉人なる師であるのだから。

それに所詮《しょせん》、自分には手の届かない存在だ。

大学の卒業式を終え、その年の四月から正式に「松吉」へ社員として入社することが決まり、松ヶ崎が、「お祝いをせなあかんな」と、美乃を誘った。

「これからもう、学生さんやあらしまへんから、大人の世界を学んでもらわなあかんなぁ」

と、松ヶ崎が言った。

「今まで、祇園さんや上七軒《かみしちけん》さんやら行ったり、偉い人と逢わせたりしたんやけど、それはあくまで表面的なつきあいに過ぎひんのや。ええか、京菓子というのは子供の食べもんやない。大人の遊びや。身も心も粋《いき》な人間こそが味わえるもんや。そやさかい、あんたにもホンマの大人の遊びや、その世界というものを、わかってもらわなあかん」

「大人の世界……」

「大人の世界で一番大事にされとるもん、わかるか？　それは、粋、や。そして粋には艶がいる。あんたに一番欠けているもんは、それや」

痛いところを突かれたと美乃は思った。

美乃が考案した和菓子は、綺麗だけれど艶がないと何度も言われた。艶というものがわからなかった。どうして出せるのか、感じられるのかも。考えてできるものでないということは松ヶ崎にも言われたし、自分でもわかっていた。

艶のある物が作れない――それは、自分が処女であることとも繫がっているのであろうか――。

もちろん、今まで全く男に興味がなかったわけではない。たまたま機会がなく、この歳まで来ただけだ。大学は女子大だったし、バイトと和菓子修業と学校で精一杯の生活だった。和菓子屋での修業にかまけている美乃は、学校では「変わり者」だったし、深いつきあいの友達もできなかった。

美乃にとっては、松ヶ崎が絶対的な唯一無二の「男」だった。

同世代の若い男は、どうしても松ヶ崎と比べると軽くて薄っぺらに思える。尊敬もできず、ましてや恋愛対象になどならない。

松ヶ崎に教わりながら細工を作るその指を見て、不謹慎だと思いつつも、その指に触れられたいと願うことをやめられなかった。

そしてそんな自分を押し殺すことに懸命だった。気づかれぬよう、悟られぬように、と。松ヶ崎は尊敬する師匠であり、何よりも妻も子もいて世界が違う人なのだから、そんな夢を見てはいけないと言い聞かせてきた。

だから松ヶ崎から、「大人の世界を見せる」と言われた時も、まさかそんなことになるとは思いもよらなかった。

卒業祝いという名目で、美乃は先斗町《ぽんとちょう》の中華懐石料理屋に連れていかれた。その店に来たのは初めてではない。個室ではあるが気さくな店で、雑誌の取材に使われる折についてきたこともあった。

どれもこれも上質な味の食事を終え、四条通《しじょうどおり》に出ると車が待っていた。タクシーではなく黒い車で、見たことのない白髪頭の初老の運転手がドアを開けた。

「ごくろうさん、初田《はつた》」

松ヶ崎がそう言うのを聞いて、その運転手の名前を知った。

何かスポーツをやっていたのだろうか。がっちりした身体つきの男だったが物腰は柔らかく、怖さは感じない。

その高級車は全てスモークガラスになっていて、外から中は見えないようになっている。

「美乃。一流の京菓子職人になる覚悟はあるんやな」

車に乗り込むと、松ヶ崎が聞いてきた。

「はい」

「そやったら、わしを信じなあかん、これからも、ずっと」

そうして松ヶ崎は美乃の手を強く握った。思いがけぬ松ヶ崎のその行為に、美乃の身体が震えた。

あの指で――美乃が見惚れ、時には欲情すら覚えた、繊細な和菓子を生み出すあの指が、今、自分の手に触れているのだ――

車は、鴨川沿《かもがわぞ》いを北へ走り、今出川《いまでがわ》通を越え、さらに北に進んでいく。

――どこへ行くのだろう――

「不安がることはないで、ええところに行くんや。お前が一流になるために、必要なことを教えてくれる場所や」

美乃の不安を察したように松ヶ崎が言った。

車は三十分ぐらい走っただろうか。住宅地から少し離れた川沿いの場所だった。

そこにある、町家風の一軒家の前で車は止まった。

初田にドアを開けられ、二人は外に出た。

「こういう家のほうが、近所に怪しまれんさかいなぁ。普段は、初田がここを管理してるんや」

玄関を開けて中に入ると、下駄箱《げたばこ》には、靴がいくつか並んでいた。

「もう、皆さん来てはるみたいやわ、待たせてしもうた」

そう言って松ヶ崎が上がり、恐る恐る美乃はついていく。

その家のどんつきに、二十畳はありそうな広い部屋があった。普通の家なのにその部屋は異質だった。和室であるのに窓がなく、天井には舞台照明のようにいくつもライトが吊《つ》り下がっていた。

壁一面に大きなスクリーンがある。その広い部屋には座布団が円を囲むように並べてある。

「大事なお客さんをおもてなしすることもあるし、皆で遊ぶこともある。ホテルを使っても人目があるさかいなぁ。こういう、当たり前にその辺にある家が一番ええねん。気ぃを使うのは音やけど、それかて壁を防音に改造してあるよって、どんな大声を出しても大丈夫や」

さっき二人を送ってきた運転手の初田がいつの間にか後ろにいた。

松ヶ崎が目配《めくば》せをすると、初田が襖を開け、男ばかり十人が、談笑しながら入ってきた。

松ヶ崎と行った祇園の料亭で、雑誌やテレビで、どれも見たことのある顔だった。

京都の有名寺院の説法上手で有名な僧侶、お茶屋の若旦那《わかだんな》、高名な茶道家、呉服屋の主人、大学教授、町中にポスターが貼《は》られている国会議員──いずれも松ヶ崎と同い年くらいか、少し上の男達だった。

「今日は、ええ日どすなぁ。大安吉日どすわ」

そう言った僧侶は秀建《しゅうけん》という名だった。

この人は小太りの体軀に恵比須様《えびすさま》のような柔和な顔をしていた。笑わせ泣かす説法が上手《うま》いことで有名で、ビデオや本なども出して、講演会などでも引っ張りだこだという。寺からそのまま来たのか、袈裟《けさ》姿のまま大きめの数珠《じゅず》を手にして、美乃を上から下まで、じっとりと舌なめずりしながら眺めた。

「このお嬢はんが、お初のお嬢はんどすか？」

「秀建さん、今日はお初やさかい、お手柔らかにお願いしますわ」

と、松ヶ崎が堅苦しく頭を下げた。

──何？　お初って、どういうこと──

美乃は、状況が摑《つか》めず戸惑った。

本当は美乃は期待をしていたのだ。食事を終え、松ヶ崎がどこかホテルへ連れていってくれて、そこで──抱かれるのではないか、大人の世界を見せるというのは、そういうことではないか、と。

なのに、ここにはなぜか十人ほどの男がいる。その男達が、一斉に美乃を見ていた。

「ようこそ、おいでやす」

襖が開き、若紫色の和服を着たふくよかな女がワインとワインクーラーを持って現れた。後ろには、初田がウイスキーや日本酒を手にしている。

あとで知ったが、この女は初田の妻で名を駒子《こまこ》といい、夫婦二人でこの家を管理していた。四十代半ばぐらいか。じっとり粘着質の色気がある女だった。

「美乃も飲んだらええ。何を飲む？」

「え、いえ、いいです」

「お嬢はん、飲んどったほうがええでぇ」

秀建が、福の神のような笑顔で言った。しかし眼だけが笑っておらずギラギラと輝いて好色そうな光を放ち、不気味だった。

わけもわからぬままに美乃はワインを注がれ、ぐいっと飲み干した。

十人ほどの男達は、美乃と松ヶ崎を囲むように座り、それぞれが思い思いに談笑しながら酒を飲み始めている。

「そろそろ、ほな、始めましょうか」

半刻《はんとき》ほど経過し、松ヶ崎が言うと、男達は膝《ひざ》を正し雑談を止《や》めた。

松ヶ崎がすっくと立ち上がり、広間に緊張感が走った。松ヶ崎の威圧感が、その場の空気を一変させた。

「お集まりの皆さん、彼女が今日から我々の仲間になる桂木美乃どす。二十二歳で大学卒業したてどす。一流の京菓子職人になりたい言うて、二年ほど前から私の下で修業をしておりました。この娘《こ》に身も心も一流とはなんやということを教えて、一人前の女、そして一流の京菓子職人になるように尽力したいと思うてますので、ご協力をよろしゅうお頼《たの》申します」

そう言って、松ヶ崎は最後に深々と頭を下げた。

「この娘は、まだ男を知りまへん」

その言葉に美乃は驚いた。

自分が処女だということは、もちろん松ヶ崎に言ったことなどない。けれど男を知らないことをちゃんと見抜かれて、そういう眼で今まで見られていたのだという恥ずかしさと、そのことを大勢の男の前で言われることへの戸惑いがあった。

羞恥《しゅうち》と驚きで、どういう表情をしていいのかわからず、俯いた。

これから何が始まるのか——

「男を知らん女なんぞ、何をやっても一流にはなれしまへん。知っても好きもんやない女はつまらんもんや。女に生まれた悦びを知らんのは哀《かな》しいことどすわ。ここに来てはる方は立場は違ぅても日本の伝統文化、つまりは日本人の心を遺そうと尽力してはる方々どす。それを遺し伝えていくんは、若い後継者も必要や。新しいもんを吸収しながら伝えなあきまへん――私が父から、伝えられたように。彼女を一流にするために、まず、女にせなあきまへん。それから一流の遊びを知ってもらわなあきまへん。今日は、まだ生娘ということやさかい、手荒なことは堪忍したってください。皆さん、申し訳ないんどすけど、まず私、『松吉』十五代目主人の松ヶ崎が、床入りをさせてもらいますので、よろしゅうお願いします」

松ヶ崎がもう一度深くゆっくりと頭を下げると、男達が拍手をした。そしてまるで中の様子を窺《うかが》っていたかのように襖が開き、初田と妻が布団を持って現れた。

「お布団、敷かせてもらいます」

初田らが二組の布団を、広間の真ん中に手際よく敷いた。

ちょうど、男達が座る座布団が、そこを囲むようになっている。

「あんまり夜遅うなってもあきまへんから、さっそく始めさせてもらいます」

すっくと立った松ヶ崎の背後から照明が照らされ、威圧感が増す。

「美乃、立つんや」

言われるままに、美乃は立ち上がった。

この状況に戸惑っているはずなのに、逃げてもいいはずなのに、なぜか身体が松ヶ崎の言葉に従ってしまう。まるで催眠術で操られているかのように。

さっきのワインに何か入っていたのだろうか。

頭では怖い、と思いながらなぜか言われたとおりに身体が動く。

「顔を上げて、ちゃんと眼を開いて周りを見なあかん」

羞恥で俯く美乃の顎《あご》に松ヶ崎が手をかけて、正面を向かせた。

心臓の鼓動が早くなり、顔が火照る。白い頬が、唇の色と同じ薄紅に染まっており、瞳は潤んでいた。半開きにされた唇の中で、自分を保ち続けようと、歯をぐっと噛《か》み締めている。その表情が見ている者達に痛々しさを感じさせ、嗜虐心《しぎゃくしん》をそそった。

「服を脱ぐんや」

松ヶ崎が言った。

「いや」

そう口に出した瞬間、いつの間にか背後に回っていた初田と秀建が両脇から美乃の身体を押さえつけた。

「手荒なことはしたないんや、美乃はええ子や、言うことをきくんや。自分で脱がへんのやったら、無理やり脱がせるだけのことや」

満面の笑みを湛えた秀建が、美乃のワンピースの背中のボタンを器用に外し始めた。

やはり、さっきのワインの中に何か入っていたに違いない——見知らぬ男に触れられ、脱がされる嫌悪感を確かに感じながらも、美乃は震えるばかりで抵抗ができなかった。

ボタンを外されたワンピースが足元に落ち、ブラジャーとパンティだけの姿になる。

万が一、今日、松ヶ崎と寝ることになるならばと、脱ぎにくいスリップはつけてこなかったのだ。白い、サテン生地にレースの付いた上下がお揃《そろ》いのブラジャーとパンティは今日初めて身につけたものだった。

「肉づきがいいのぅ、美味《うま》そうな身体のお嬢はんやわぁ」

「垢抜《あかぬ》けんところが、初々しぃてよろしいなぁ」

「白の下着っちゅうのが新鮮やなぁ。輝いとるわぁ」

男達が次々に下着姿で震える美乃を見て、感想を口にし始めた。

美乃は頭に血が上り、顔がさらに赤くなる。眼を伏せながら、この状況に耐《た》えようと歯を食いしばる。頬は朱に染まっているのに唇がガタガタと震え、必死で涙が零《こぼ》れるのを堪《こら》えている痛々しい表情が、未成熟な処女であることを表していた。

こんな複数の男達の前で、肌を見せるなんて……。

俯き震える美乃の前に松ヶ崎が立った。そして美乃の顎にその節くれだった太い指をかけ、少々乱暴とも思える勢いで顔を上に向けさせた。

松ヶ崎と美乃の視線が合った。

――どうしてこんなことを――

――わしを信じろと、言うたやろ――

松ヶ崎が美乃の問いに、そう答えたような気がした瞬間、唇を塞《ふさ》がれ舌が入ってきた。初めての接吻《せっぷん》だった。

松ヶ崎の舌が美乃の口の中に、草むらを掻き分け侵食するように入り込み、うねうねと蠢く。美乃の粘膜と歯を味わい、舐め回すように動いていた。

初めてのキスがこんなキスだなんて……。しかも、人に見られてだなんて……。

「これも初めてなんか」

と聞かれ美乃はこくりと頷《うなず》いた。松ヶ崎の舌に口の中を掻き回されて、半開きになった唇の端から涎《よだれ》が垂れているのが自分でもわかったが、拭《ぬぐ》う力もなかった。もう先ほどまでのように、歯を食いしばる力も失せていた。

そのまま美乃は、眼の前の松ヶ崎の顔をじっと見つめ呆然としていた。

頬は先ほどより朱色を増していたが、もう震えはなくなり、瞳は焦点を失っている。切れ長の潤んだ瞳から涙が一滴だけ溢れ、頬を伝って流れ落ち、半開きにされた唇に入った。

松ヶ崎はもう一度美乃の唇を塞ぎ舌で口内を舐め回しながら、手を後ろに回し、ブラジャーのホックを外した。

美乃が何度も触れられたいと思った、あの指で。思い出すと身体の奥から何かが湧き上がってくる。美乃はそれを必死に抑《おさ》えようと、また唇を嚙み締めた。

ブラジャーが外され、張りのある丸い乳房が、ぷるんと震えて顔を出して晒《さら》された。

その瞬間、男達が身を乗り出す。

「おお！　綺麗な乳首してはりますなぁ」

「さすがに若いだけあって、よう張ってはりますわ。お饅頭《まんじゅう》みたいやぁ」

「サイズは、どれくらいでっしゃろか？」

「美乃、質問されたら答えなさい」

松ヶ崎が美乃の耳元でそう囁《ささや》いた。囁かれて鳥肌が立つ。

「……Fカップです……」

答えた瞬間、男達の視線がそこに集中し、その様子が視界に入るのが耐えきれず、再び美乃は俯いた。

「そら揉みがいがありますわ！　楽しみどすなぁ！」

老舗旅館の主人が感極まったようにそう言って手を叩いた。

「ここを、こう吸われるのも初めてか」

松ヶ崎は美乃を立たせたまま膝を屈《かが》め、露《あらわ》になった乳首に口をつけてきた。

――えっ！　そんなことまで⁇――

松ヶ崎は舌を出し、乳輪に沿って円を描くように舐め回した。ぐるぐると舌を動かして、美乃の身体が反応し始めたのに気づくと、軽く歯を立て乳首を噛み、吸った。

信じられない、私、今、ご主人に、乳首を吸われている。あの、「松吉」の主人が、赤ちゃんみたいに私の乳首を口にしているなんて。

松ヶ崎の丁寧なじらすやり方で、美乃は今まで経験したことのない疼きが、足の付け根から込み上げてくるのを感じた。

人に見られているのに、どうして嫌じゃないの、私。

やめてって言って、帰らせてもらうべきよ。ここにいる人達は立派な地位の人達ばかりだから無茶はしないわ。やめてください、帰らせてくださいって言ったら、ここから帰してくれるはずだわ。

だってこんなこと、普通じゃない、異常だわ。何人もの男の人達に見られながら、こんなことされるなんて異常だから、やめてって言うべきよ。

なのに、なぜ。

美乃は、抵抗もできず、「やめて」とも言えなかった。頭では混乱しているが、身体がこの状況を受け入れて、悦びを覚え始めたのを自覚した。

苦痛と羞恥という感情の下から、歓喜がわさわさと湧き上がってくるのを感じ、必死でそれを表情に出すまいと歯を食いしばった。

でも、こんなのっておかしい。

私、初めてなのにこんな状況になるなんて。

そんな美乃の葛藤《かっとう》を見透かしたかのように、秀建が大きな声で、

「このお嬢はん、才能ありますなぁ！」

と、言った。

「私が見込んだ娘やからな」

美乃の乳首を吸いながら、松ヶ崎は下から乳房を持ち上げるように揉みしだいていた。

「やはり、若くて張りがあって、堅いな。ほぐしがいがある」

「松吉さん、見なはれ、乳首の色が変わりましたでぇ」

呉服屋の主人が言った。確かもう還暦を過ぎているはずだが、血色のよさそうな顔を上気《じょうき》させて、今にも美乃に飛びつかんばかりの勢いで身を乗り出していた。

「わし、もう勃《た》ちませんねんけどな。舐め回すの好きですねん。女を身動きできひんように

して、ひたすら舐め回しますねん。ぴちゃぴちゃと音をたてて舐め回しますねん。ずっとそうしとったら、女はそのうち、たまらんようになって、身悶えし始めますわぁ。それでもただ舐め回すだけしかしませんねん、勃たへんよって。そうやって女の身体を燃え上がらすだけ燃え上がらせといて、悶えさせるのが好きですねん。はよ、このお嬢はんに、それしたいわぁ。この乳首、舐め回したいわぁ」

普段、薄い肌色をしている美乃の乳首が濃いピンクに染まっているのを見て、呉服屋の主人がそう言った。

「乳首の色だけやのうて、身体も火照ってきたみたいやなぁ。お嬢はんの身体が、悦んではるわ。見られて吸われて悦んではるわ！」

秀建にそう言われて、美乃もそれを認めざるを得なかった。今まで味わったことのない、形容しがたい疼きが身体の奥から湧き上がってくるのがわかる。ああ、でも、嫌だ、こんなところで。

男達の視線に晒され言葉で嬲《なぶ》られ、どういう表情をしたらいいのかわからない――と、いうより、明らかに嫌悪ではない表情を浮かべていることが何よりも恥ずかしかった。

顔が火照るだけではなく、身体全体が熱を帯び、汗ばんでくる。微量の汗が滲《にじ》んだ肌が湿り気を帯びてきた。

松ヶ崎が美乃の股間をパンティの上から指で触れた。ごつごつとして節くれだった中指の腹で、その細やかな形を確かめるように撫でる。いつか、白餡を捏ねて兎の耳を作っていた、あの指の動きと同じように蠢きながら。

「マメが、膨らんできてはりますすわ」

松ヶ崎が、皆に向けてそう言った。

すでに、美乃は、自分の体内から生温かいものが溢れていることに気づいていた。だからこそ、そこは触れられたくはなかったし、見られてもいけなかった。

「さあ、これも取ろうやないか」

「いや……です」

「嘘《うそ》やろ、そやったら何で抵抗しぃひぃんのや、さっきからされるがままやないか」

それは、あのワインに何か入っていたから――そう思ったが、そうとも言いきれないのだ。

下着を脱がすと言いながら、松ヶ崎はなかなかそれをしようとはしなかった。

自分の太ももを美乃の股の間にくぐらし、指で下着の上からその部分の形をなぞるように、確かめるように触り続けている。

美乃はそこを見ずとも、指の動きが想像できた。

餅を、餡を、求肥を捏ね、鮮やかで美しい京菓子を作り上げる、あの指の動きを。

「生娘なのにこんなに濡《ぬ》れるなんて、はしたない娘やなぁ。恥ずかしくないんか？　こんなはしたない娘をうちの店で修業させとるなんて、人に知られたらお詫《わ》びせな、あかんわ」

松ヶ崎にそう言われ、美乃はうなだれた。松ヶ崎の言うとおり自分が酷く申し訳ないことをしているような気になったのだ。

「ごめんなさい……」

と、なぜか謝ってしまった。謝罪しながら、溜《た》めてきたものが溢れるように、涙をポロポロと零れさせると同時に、身体の奥からも熱いものが流れていくのを感じていた。

ふいに松ヶ崎の指が、布の上からクリトリスを、きゅっと摑み左右に揺れ動かした。

「あっ！　あっ！」

動かされる度に声が出る。刺激が強く腰が動いてしまう。

「下着の上からでも摑めるぐらい、大きなマメですわ」

松ヶ崎の言葉に、

「松吉さん、じらすのやめて、もう脱がせなはれ。わしら、もう限界やわ」

という声がした。

ふと、美乃がその声のほうに眼をやると、声の主はテレビにもコメンテーターとして着物姿で度々出演する、京都の有名私大の経済学の教授で、岩崎《いわさき》という男だった。背が高くスマートで知的で、ロマンスグレーで俳優のような容姿がダンディだと主婦層に人気がある、その男が、普段の物静かな顔とは別人のように、眼をギラギラさせて鼻息を荒くし、着物の前をはだけ、男のモノを取り出し、自分の手でしごいていた。

「いやぁっ！」

初めて見た、大人の男の勃起《ぼっき》したモノだった。しかも、その男は自分のモノを自分で握り動かしている——それも初めて見る光景だった。美乃は大声を上げ眼を逸《そ》らした。

美乃が岩崎から眼を逸らしたのを合図にしたかのように、松ヶ崎が下着を下ろそうとしたので、必死に足に力を入れ阻止しようとする。

するとと松ヶ崎が美乃の耳朶《みみたぶ》を噛んだ。

「あぁん！」

美乃はふいうちを喰らい、声を上げてしまい足の力がゆるむ。

その隙に松ヶ崎は腰を屈め、パンティを素早く下ろしてしまった。

「いやっ！」

美乃は手で股間を隠した。

「隠したら、あかんやないか」

「だって、見られちゃう」

「見せなあかんのや」

「いやですっ」

「しょうがない娘やなぁ」

松ヶ崎は美乃の体を抱え込むようにして、ゆっくりと押し倒した。

「逆らったらあかん、こけて、頭打つで」

美乃は膝を落とし、されるがままに抱え込まれた。そのまま布団の上に仰向《あおむ》けになり横たわる形になった。

天井と、自分を囲んで薄笑いを浮かべる男達の表情が、眼に入る。

傍にいた秀建と岩崎がそれぞれ美乃の腕をとり、頭の上にもっていかせ、美乃は万歳をするような形になった。稚拙な処理跡が残る汗ばんだ腋《わき》の下が男達の前に露になった。

「もう、じたばたせんとき、任せとったらええんや」

美乃の両腕に、何かが巻きつけられた。

——何、これ、縄？——

両腕に麻縄が食い込んで美乃の上半身の自由は失われた。布団の上で寝転がる美乃の下半身に草原の若草のように生える繊毛が露になり、男達がさっきより近くに寄って乗り出して、眼を血走らせてその部分を凝視していた。

異様な空気だった。松ヶ崎以外は手を出せないからこそ、男達は興奮している様子だった。

自分のものを露にしてしごいているのは岩崎だけではなかった。

股間を押さえている者もいれば、ズボンを脱いで下半身だけを露出している者もいた。

美乃は太ももをすりあわせ、その部分を隠そうとする。すると足元にいた松ヶ崎が、抵抗する美乃の足を持ち上げ、ぐいっと広げようとした。

――何をするの、そんなことしたら、見えちゃう――

美乃は必死で足を閉じようとするが、力が入らなかった。男達が足を片方ずつ押さえて、大きく開かれた。

「御開帳やぁ！　お嬢はんの秘仏の観音様の御開帳やっ!!」

秀建が嬉しそうに大声を上げる。説法上手で知られる秀建の声はよく通り、部屋に響き渡った。

男達は膝をすり、美乃の足元――つまりは、女の秘園が見える位置に移動しようとしていた。

「や、やめてぇ」

美乃は声を上げる、涙が止まらず頬を濡らす。

自分は処女である。それでもいつかは、好きな人にこの身を捧《ささ》げるのだと夢を見てきたし、それはきっと愛し愛され抱きしめられ、幸せな体験であると信じていたのに。

けれど現に眼の前にいるのは、身体を捧げる男——だけではない、複数のしかも二十二歳の美乃からしたら父親以上の歳の男などもいる。

京都の古い町家の改装された大きな部屋の、煌々《こうこう》たる照明の下で腕を縛られ、無理やり股を開かされその奥を眺められている。

それが処女を失うという現実であってはならなかった。

「綺麗な、おめこでんなぁ」

でっぷり太って眼鏡をかけた京都選出の国会議員——確か名を、榊原《さかきばら》といったはずだ——が、覗《のぞ》き込んで、感心するように言った。

「生娘のおめこなんて、滅多に見られるもんと違うさかいなぁ」

「生娘やけど、この娘もう感じまくって、ぱっくり開いて中身見せてますなぁ」

「この、ビラビランとこは、左のほうが少し大きおますなぁ。ここは大きなほうが包み込むようになりますさかい、もっと伸ばしてやったほうがえぇんですわ」

「引っ張ったり、摘んだりしとったら、大きぃなるわ、楽しみやなぁ」

男達が露になった秘園を眺めながら、次々に感想を口に出し、屈辱と羞恥で美乃は泣き、しゃくり上げていた。

「南無阿弥陀仏、南無阿弥陀仏。ありがたい、観音様やぁ」

秀建は合掌し、泣く美乃の股間に向かってそう唱えた。

「おマメの皮剝《かわむ》きや」

松ヶ崎がそう言って、美乃のクリトリスの表皮を剝き上げた。艶のある真珠のような陰核が、直に男達の荒い鼻息に晒された。

「立派なおマメや！　こりゃあ、鍛《きた》えがいがありますなぁ、松吉さん」

誰かがまた大声を上げる。

男達の眼が自分の最も敏感なところに集中する。視線を浴びたその部分に身体の血が集まるような気がした。

すでに覚えたオナニーでそこが急所なのは知っている。一番恥ずかしく一番感じる部分だということも。

男達が今にもそこに触れまいかと、顔を近づけている様子がわかった。

ケッケケッケッ！　と、怪鳥の雄叫《おたけ》びのような異様な笑い声がする……秀建だった。

「ああ、早よぉ、ここ舐めたり吸うたりしたいわぁ。松吉はん、はよぉ床入りしとくんなはれ」

「お嬢はんが、女になったら、わしらみんなのもんや。知らんことたくさん教えてあげたいわ、この可愛い、お嬢はんに」

男達は口々にそう言って、眼を凝らして美乃のその部分を見つめている。

松ヶ崎が美乃の股をさらに割り裂いた。

松ヶ崎の顔が近づいてきた。しかし、すぐにそこに行かず、太ももの内側に唇を寄せ舐め始めた。

丁寧に、丁寧に、肌を長い舌で掬い取るように味わうように。

右の足の付け根まで舐め回し、次に左の足の付け根を舐め回す。

――わしら京菓子職人が一番大切にせなあかんもんは、言うまでもない味覚や。そやから、煙草も吸うたらあかん。刺激物も控えなあかん。舌の感覚が麻痺《まひ》してしまうからや。一グラムの砂糖の配分を変えただけでも味が変わってしまうんや。京菓子いうもんは食べもんの中で一番繊細なもんや。それを作る人間は、常に舌の感覚を鋭敏に研ぎ澄まさなあかん。自らが京菓子を味わう時も、舌に全ての感覚を集めるようなつもりで、がっつかんと舌先で、触れて味わうんや――

松ヶ崎が常日頃から美乃に言い聞かせた、その言葉を思い出した。

そうやって京菓子を味わうように、今、自分は松ヶ崎に舐められている。

松ヶ崎の舌は次第に、まだ他人は誰も触れたことのない、美乃の一番感覚が鋭敏な部分に近づいていった。

「毛は、薄いほうやな。ちゃんと処理して、綺麗にしてきてあるな、えらいえらい」

まるで今日、こうして皆に見られるために処理してきたように言われて、美乃は違うと抗議するように身をよじらせたが、思うように身体が動かない。

陰毛に松ヶ崎の指が触れた。その左右の花弁に親指をあてぐっと開いた。

「生娘の、おめこや」

関西人ではない美乃からすると、その三文字の言葉は酷く抵抗があった。

「中も綺麗やなぁ、さすが生娘や」

松ヶ崎はさらに広げて皆に見せつけた。

「生娘のおめこなんて、次はいつ見られるかわかりませんわ」

「ええもん見せてもらいますわ」

「ええなぁ、わしも生娘の舐めたいわ」

「はよ、味見ておくんなはれ」

「ここから出るおしっこが飲みとうて、もうたまらんわぁ！」

叫ぶように、そう声を上げたのは秀建だった。

松ヶ崎は口を近づけて、大陰唇に唇をあて、チュッ、チュッと軽く吸うことを繰り返した。

初めての感触だった。さっき私の唇を吸う時は、あんなに激しく舌を動かしたのに、今は軽く、弾《はじ》くように触れている。

次に、裂け目を囲む花びらを松ヶ崎の唇が含んだ。歯を立てず、ビラビラを包み込むように咥える。

「ぁあ……あ……」

美乃は耐えきれず声を出した。激しさのない軽い唇の丹念な愛撫が、じらされているようで、たまらなかった。

「気持ちよかったら、素直に声を出してええんやで。ここは何ぼ声を出しても外に漏れんように作ってある」

――外には聞こえなくても、ここにいる人間に美乃が感じていることがわかってしまう――処女なのに、男を知らないのに――

股の付け根を軽く吸われることと、花びらの部分を唇にくるまれ、なぞられることを交互に繰り返され、見なくても自分のクリトリスが大きく膨張していることが、そこにあたる男達の鼻息の強さでわかった。何も覆うものがないから、直接風があたるのだ。

自分で弄《いじ》ることはあった。

だからそこが一番感じやすいことも、もちろん知っている。

けれど剝き出しにされ、複数の男達の眼に晒されていると、普段自分で触る時とは比べ物にならないくらい、その部分の感覚が敏感になっている。だからこそ、まだ触れられていないことがもどかしくてたまらない。

違う……そこじゃなくて……一番触れられたいのはそこじゃなくて……美乃は腰を動かし悶える。

「……違う……」

「何が違うんや、ん？　ほんまに舐めてもらいたいところは違うんやと言いたいんか？　しゃあないなぁ」

松ヶ崎は美乃の悶えに応えるように、顔を裂け目に近づけて、上から下、下から上と舌を動かした。尖《とが》った舌先が時折、内側の襞の奥から溢れた白い液を啜《すす》るように、じゅるじゅると音をたてる。その音が大広間に響き渡るのが恥ずかしかった。

「感じやすい娘やなぁ。びちょびちょやないか、初めてやのに」

「ホンマは早よ、しとうてしとうてたまらんかったんやなぁ」

男達が呆《あき》れ混じりで、嘲笑気味《ちょうしょうぎみ》にそう言っているのが聞こえ、何とも屈辱的だった。

松ヶ崎の舌は蛇が穴へもぐり込むように、美乃の割れ目の中をねじり開いて、何かを探っていくように動いている。

「見なはれ、マメが大きくピクピク動いとりますわ！　こないな大きなマメ、滅多にありまへんでぇっ！」

秀建が大声で、感極まったようにそう言った。

まだ唯一触れられていないその部分が、皆の眼に晒され、そして秀建の言うように躍動しているのが見ずとも美乃にはわかった。

「美乃、今、どこを舐められているか、口に出すんや」

松ヶ崎がいつも美乃に指導する、あの低く威圧感のある厳しい声で言った。

「いや……」

「いややないやろ。答えになっとらん」

「言えない……」

「言わないんやったら、ヒドい目にあわすで。さっきからピクピク動いているこの部分に、熱い蠟燭《ろうそく》を垂らしたり、そこを洗濯バサミで挟んだり」

「いやっ！　そんなのいやっ」

「いややない、言わなあかん。ここは、どこや、なんて言うんや？」

「お……」

「お、何や？」

「……おまんこ」

「美乃、ここは京都や。関西の言葉を使わなあかんやろ」

松ヶ崎の低い声が美乃の耳に響いたが、どうしても関西弁の女性の局部を表すその言葉には抵抗があった。

美乃が黙っていると、松ヶ崎の指がクリトリスの表皮をさらに上に剝き上げ、広げようとする。

「いやぁっ！」

その部分に皆の視線が集まった。

「ほら、ここに、蠟燭を垂らしてもええんか。ちゃんと用意してあるんやで、今日は使わんつもりやったけど、美乃が言うことを聞かへんのやったら、しゃあないなぁ。剝き出しのここに蠟燭垂らしたら、熱いでぇ」

「ごめんなさい！　ごめんなさい！　言いますから！　お願いだからやめてください！」

美乃は恐怖で涙を溢れさせ、じっと松ヶ崎を見た。

「可愛い娘やなぁ、この娘は仕込んだら、ごっつええ女になるで。才能があるわぁ」

国会議員の榊原が心底感心したように言った。

「美乃、さっきから舐められている、この部分はなんていうんや？」

「お、おめ、こ」

「今、わしが剝いてる、ここはなんていうんや」

「……クリトリス……」

「そう、美乃はええ子や。そうして素直でおったら、いつまでもわしらが美乃のことを可愛がって守ってやるさかいなぁ」

松ヶ崎は長い舌を伸ばし、その先端で剝き出しになっている美乃のクリトリスを一舐めした。

「ひぃいいっ！」

悲鳴のような声が美乃の口から出て、腰が浮き仰《の》け反《ぞ》った。

「喜んで、また大きくなったわ。可愛いマメやなぁ」

一度舐めただけで、松ヶ崎は美乃の尻を持ち上げるようにして、いきなり思いがけぬ部分を広げた。もうぬめぬめと蠢き、開いている部分の下の小さなすぼまりが露になる。

「いやあっ！　そこは駄目！」

「ここもまた使うから、ほぐしておくんや。ここも慣れてくるとな、ええもんやで」

そんなところを見られ、舐められることは想定外だった。

「そやそや、わしはおめこより、そっちの穴が好きですねん。あとで舐めさせてもらいまっせ。ホンマは一日洗ってへんようなんが、ええ匂いするから大好きですねん。これから可愛がらせてもらいますわぁ。指でほぐしたら痛《い》とぅないし、すぐに慣れますよって」

大学教授の岩崎がそう言った。

呉服屋の主人が、

「岩崎はん、ホンマに尻の穴が好きどすよなぁ」

と、感嘆すると、岩崎は、

「テレビに出とる時も、隣におるアナウンサーが、どんな尻の穴しとるんやろって、そればかり考えてますねん。口では日本経済がどうやこうや喋るけど、頭ん中は尻の穴のことでいっぱいですわ。わし、尻の穴しか興味ないねん。なんや尻の穴って、きゅっと締まっとって可愛いやろ。おめこみたいにぱかっと開いてるのは可愛げがないねん。尻の穴は入れても、つるんとした感覚やねんけど、きゅうきゅう締まって、おめこに入れるより好きやねん」

と、満足そうな笑みを浮かべ答えた。

松ヶ崎の舌が美乃のきつく締めつけられている尻の穴を舐め回した。こそばゆさにも似た妙な快感に、もうタガが外れたように、断続的に美乃は声を出して喘《あえ》いでいた。顔だけではなく、身体中が朱に染まっていた。

せめて事前にシャワーとか浴びさせてくれたなら――。美乃の羞恥を察したかのように、

「臭い、ちゃんと拭《ふ》いてへんやろ、美乃の尻の穴は臭いわぁ」

と、松ヶ崎が大声で言った。

「嘘！　酷い！」

美乃は、大声を上げた。

「いやだ！　やめて！」

あまりの屈辱と想定外の行為に、美乃は涙を溢れさせた。

「嘘や、何も匂いせぇへんわ」

「酷い……」

「いつもこうして、ここは綺麗にしておくんやで。でも岩崎はんみたいに、少しは匂いがあるほうがええって人もいはるから、シャワーを浴びるなと言うた日は、そのとおりにするんや」

丹念に尻穴を舐めて、皆の眼に晒したあと、松ヶ崎は顔を元に戻し、すっぽりと口の中にクリトリスを含んだ。いきなりは強く吸わず、口の中で、舌でそれをくるむように舐め回す。

「んぁあっ！」

美乃は大きく仰け反り、声を上げ続けた。身体中が痙攣《けいれん》したように震えている。

——何、これ、こんなに気持ちがいいなんて——もう何も考えられない——脳みそが蕩《とろ》けそう――

松ヶ崎は、滑らかに舌を動かしていたが、ふいに唇で強く吸い上げた。

「んあぁっ‼」

その瞬間、美乃は頭の中が真っ白になり、意識が天に昇って突き抜けていき、全身の毛が逆立ち、次にはふぅっと空から落ちていくような感覚を味わった。


意識が朦朧《もうろう》とし数分ほどぐったりしていたが、冷たい水を松ヶ崎に飲まされて、ぼんやりとしながらも感覚が戻ってきた。

そして触らずとも、わかった。美乃のその部分はもうぐしょ濡れになり布団を濡らしていた。

「気ぃついたんか」

松ヶ崎が美乃の傍に座っていた。

「初めてでここまで感じるのは、やはり美乃は見込みがあるんやわ。一流の女になる素質があるんや」

にやりと、今まで見たこともない心底嬉しそうな笑いを浮かべた。

気がつけばそれまで美乃の自由を奪っていた手首の麻縄は外されていた。腕は自由になったが、力は入らない。

松ヶ崎は全裸になっていた。股間には隆々と男根がそそり勃っていた。初めて見た松ヶ崎のそれは、どくどくと波打ち、太く節くれだっていた。

「松吉はん、いつもながら見事どすなぁ」

呉服屋が覗き込んでいた。

「いやいや、秀建はんには、敵いまへんわ」

と、松ヶ崎が薄笑いをすると、秀建もにやっと笑った。

浅黒い肉塊が、ピクピクと脈打っていた。

もちろん、美乃は松ヶ崎の勃起したそれを見るのも初めてだった。

松ヶ崎の男根は、浅黒くいかにも硬さを感じさせ無骨で節くれだち、松ヶ崎の指をそのまま太くしたもののように見えた。

しかし違うのは、松ヶ崎の指は繊細さを感じさせるが、その肉塊には凶暴さしかない。

――あんなものが、果たして入るのかしら――

それが自分の中に入ってくる痛みを想像して、美乃は怯《おび》えた。

自分より大きな獣を眼前にして喰われることを恐れている動物のような痛々しい表情を浮かべた美乃に、松ヶ崎が近づく。

「さあ美乃、しゃぶるんや」

美乃は言われるがままに身を起こし、恐る恐るそれを手にとった。間近でこんなにじっくり見るのはもちろん初めてだ。

想像以上に、硬かった。先端の鈴口からは、わずかながら透明の液が溢れていた。付け根に生い茂った毛には白い物も混じっていたが、それでも隆起した男のそれは、老いなど感じさせず天へ向かって屹立《きつりつ》していた。

美乃は半開きにした唇を松ヶ崎の先端に触れさせる。

少し生臭い味がしたが嫌ではない。思い切ったように頭の部分全体を咥え込んでみる。予想していたほど苦しくはなく口の中に納まる。

「もっと、深く咥え込むんや……そうそう……咥えたら、動かすんや、歯を立てたらあかん……唇で歯をくるむように、動かすんや」

初めてでどうしたらいいのか、やり方がわからなかった。とりあえず言われるままに、歯を立てないように気をつけながら、いったん、全部飲み込んだあとに上下に動かす。

「そう……そう……今はこんなもんでええ……これから、皆で教えたるからな……どんな男でも悦ぶように上手になれるでぇ……」

どこをどうすればいいかわからない。ただ咥えて唇を竿《さお》に密着させて、上下に動かすしかできなかった。そのうちに唾液《だえき》が溢れてきて、じゅぽんじゅぽんと美乃の桃色の柔らかい唇と男根の擦れあった部分から音が聞こえてきた。

しばらく動かしていると、

「ほな、そろそろ、やな」

松ヶ崎が身を起こしたので男根が美乃の口から離れた。離れてもその余韻を残すように、美乃は口を開いたまま胸で息をしていた。

「最後に、皆さんにお披露目せなあかん」

そう言うと、松ヶ崎は美乃の背後に回り、上半身を起こさせ下から足を掬い取るようにして、子供をおしっこさせるような形にして、足をぐっと広げさせた。

「美乃、自分で広げなさい」

言われるがままに、自分の指でその部分をぐっと広げた。

「生娘のおめこ、これで見るのは最後ですから、よう見ておくんなはれ」

皆の視線が処女の秘園に集まった。男達が身を乗り出して、ぐっと顔を近づけて、荒い鼻息があたり、そこを刺激する。

「綺麗なおめこやぁ」

「たまらんなぁ」

「これからこの生娘のおめこに、松吉はんのがずぶずぶと、入るんやなぁ」

「ええなぁ、羨《うらや》ましいわぁ」

そう言って股間を押さえるものもいれば、着物をはだけたりズボンを脱いで、その部分をしごいている者も何人かいた。

初田がカメラを用意してそこに座り込んだ。

「記念に写真を撮っとこか。何年か経《た》って、ここがどう変化しているか比べたらおもしろいで」

フラッシュがたかれ、広げられた美乃の股間が撮影された。カシャカシャとシャッターが押される度に、美乃はその音と光に反応し腰を浮かせてしまう。顔を背ける気力もなく、呆然とした表情で、その股間と同じように口を開き、眼を潤ませたまま写真に納まった。

撮影が終わり初田が立ち去ると、松ヶ崎は美乃の足を下ろし布団に横たわらせた。

「どうや、もう乾いてしもうたか」

指で、美乃の足の付け根を触る。

「これくらいやったら大丈夫や。まだ潤おうとる——さっき、写真を撮られて見られたんで、それで興奮してまた濡れたみたいやな」

「変態やなぁ、このお嬢はん。生娘やのに、こない大勢のもんに見られて写真撮られて濡らしてはるなんて、立派な変態やわぁっ！　わしらと同じ、変態やわぁっ！」

秀建がケッケッケッと部屋に響き渡る甲高い声で笑った。

それに続くように男達が次々と、「変態やぁ」「才能あるわぁ」「はよ、わしも変態お嬢さんの尻の穴舐めたいわぁ」と嬉しそうに声を上げる。

変態――違う！　と抗議したかった。私は変態なんかじゃない、普通の女――好きな男に処女を捧げることを夢見てきた、平凡過ぎるほど普通の女なのに、確かに眼の前にいるのは、憧れていた男ではあるけれど、なのに、こんな形で処女を失うだなんて……。

松ヶ崎が、節くれだった指に唾《つば》をつけ、美乃の裂け目にもぐり込ませてきた。

「うっ！」

「痛いんか？」

「少し……」

「初めはみんな痛いんや。初めだけ我慢したら、あとは気持ちよさだけや。世の中にこんな楽しいことはないで。ほんもんの極楽浄土いうのはな、この世で味わうもんなんや。それを見せたるわ」

松ヶ崎の指が蠢いて、受け入れる入り口を掘っているようだった。指を動かしながら襞を確かめるように奥へと進んでいくと、奥から溢れてくる白い液が、じゅぷじゅぷと音をたてる。

松ヶ崎はいつも爪を短く切り揃えていた。爪の間に垢が入る隙間《すきま》を作ることは、京菓子職人として失格であると。そして京菓子の美しい形を作る際に、爪で傷を作ることもあるので、ほんまもんの職人は爪を一切伸ばしたらあかんのやというので、美乃もそうしていた。

爪を短く切り揃えた松ヶ崎の指先は、滑らかに、まだ閉じて抵抗をしている美乃の中を、居場所を確かめるように襞をなぞり、潤いを誘発するように行ったり来たりして白い液を絡ませていた。

「そろそろ、ええやろ」

そうして、自分のものに手を添えた。その先端を、美乃のまだ誰も侵入したことのない花びらの合わせ目にあてる。

「ああっ！」

ゆっくりと、入ってきた。最初はそれを押し出すような抵抗感を自分でも感じた。

「きついなぁ、こんだけ濡れとんのに。さすが生娘や」

それでも松ヶ崎のものが、無意識の抵抗に抗《あらが》い、襞を搔き分けるように、ゆっくり、ゆっくり奥へと進んでいく。

「あっ痛いっ！　やめてぇ！」

美乃は声を上げた。

「我慢や、最初は我慢やで、美乃」

全てが奥まで入ってきたのを感じた。松ヶ崎の先端が子宮の入り口にあたる。

ひりひりと合わせ目が火傷《やけど》をしたように痛みを感じている。

痛い。こんなことが気持ちよくなんて、本当になるのかしら――

考えられない。

痛みと戸惑いで涙を溢れさせながら、その部分が焼けるような感触を味わっていた。

松ヶ崎はそのままじっと動かなかった。その間は数分だったに違いないが、そのうちに美乃は、痛みが和らいできたのを感じた。同時に、自分の襞に松ヶ崎のものが、密着している何とも言えない感覚が、そこからじわじわと全身に広がってきた。

そして軽く、松ヶ崎が腰を動かし始める。

痛みはまだあるけれど、さっきクリトリスを舐められたのとは違う種類のじんわりした蠢きが、擦れあう襞から湧き上がってきた。むずがゆい感触だった。

挿入されたまま美乃は松ヶ崎に唇を吸われ耳をかじられ、舌を唇でしごかれた。

ああ、これは、気持ちいい。

繋がりながら、吸われ、舐められ、撫でられることは。

まだ痛みは残る。けれどキスをされながら、下半身が繋がっているのは、身体が蕩けるように墜《お》ちていくものだと、その快感に身を委《ゆだ》ねることの至福を感じ始めていた。

――私、これが、大好きになるかもしれない――この感じが――身体が思いどおりにならない、でもそれが、すごく心地いい――

その間も男達は破瓜《はか》される美乃と、腰を動かす松ヶ崎を囲んでいる。

今はもう誰も囃《はや》し立てることもなく、ごくりと唾を飲み込む者、口を開けて、呆《ほう》けた顔をしながら凝視する者――部屋は異様な雰囲気だった。

男達の血走った視線を全身で浴びながらも、美乃は松ヶ崎の男根から自分の襞を伝わり、全身に血液のように流れ込む震えに似た快感に身を浸していた。

「あん……あっ…」

もう美乃の口から漏れる声は、痛みに泣く声ではなく、悦びに身を任せて喘ぐ声でしかなかった。声を上げる度に、自分を覆う何かが剝がれ落ちていくような感覚だ。

破瓜の痛みが快感に変わり、生娘が女に変化していくその瞬間を見守る男達の間には不思議な緊張感が漂っていた。

一瞬、男達に傅かれているような錯覚すら覚えた。

松ヶ崎が射精するまでには、美乃は最初の痛みを完全に忘れ、部屋に響き渡るほどの大声を上げて喘ぐようになっていた。

「あっ！　あんっ！　いいっ！　いいのぉっ！」

全身に鳥肌が立っていた。それは痛みでも嫌悪でもなく、快感によりもたらされたものだった。

松ヶ崎のものが襞の中で膨張しぴくぴくと震えると、抜かれて、美乃の上にどぴゅっどぴゅっと放出された。

美乃は白い腹で生温かい精を受けて、そのまま宙を見ながら呆然としていた。

美乃のぷっくりとした肉づきのいい腹の上では、どろりと温かい精液が垂れて流れ落ち、その生臭い匂いが鼻腔《びこう》をつんと刺激した。

「綺麗にあと片づけせな、あかん」

松ヶ崎が膝を折り、仰向けのままの美乃の眼の前に肉塊をにょきっと差し出した。

一度放出したそれは先ほどの硬さを失ってはいるが、まだ大きさはそのままで、だらんと垂れ下がっていて、先端からは白い液が滴《したた》り落ちている。

「これも覚えな。舐めて、綺麗にするんや。最後の一滴も舐め取らなあかん。掃除もお前の仕事や」

美乃は眼の前に差し出されるそれに舌を伸ばした、長い舌で拭うように、先端から零れ落ちる液体を舐め取る。

鼻の奥へ届く匂いと、苦味を帯びた味だったが嫌悪感は感じなかった。

だらんと弛緩《しかん》した松ヶ崎の男根の先端を搾り取るように吸ったあと、口から離すとちゅぽんっと弾くような音がした。

「今度から、誰のも、こういうふうに掃除するんや」

松ヶ崎は満足そうな笑みを浮かべ、美乃の上から離れた。

初めて男のものを受け入れた美乃のその部分は余韻を残し、男根の影を抱くかのようにぱっくりと開いたままで、中はひくひくと蠢いている。

そんな美乃を男達が見下ろしていた。

さきほどまでの緊張感は解けて、微かに破瓜の印の赤い液を流すその部分を覗き込みながら、口々に語り始めた。

「血は、ちょっとだけ出たみたいでんなぁ」

「間違いなく、生娘やったんや」

「ここ、見なはれ、赤くなって震えてはりますわ」

開いた股の奥を、見られていた。

「美乃、おしっこは大丈夫か、ずっとトイレ行ってへんやろ」

松ヶ崎に言われて気がついた。

下腹部を刺激され、かなり尿意を催している。この家に来てまずトイレに行こうと思っていたのだが、言い出す間もなく、部屋に連れてこられたのだった。それから尿意をも忘れていたのだが、今、松ヶ崎に言われて、感覚が戻ってきた。

美乃は返事をする代わりに、こくんと頷いた。

「美乃、ええか、これからわしらの前では、お前には自由はないんや。トイレも皆の見ている前でせなあかん。小さいほうも大きいほうもや。お前は奴隷やから、この家におる時は、わしらに何もかも見せなあかんのや」

美乃は驚いて松ヶ崎を見上げた。

「そ、そんなのいやです」

「美乃、わしを信じてついてくると、言うたやろ。全てわしの言うとおりにすればええんや。そうしたら、お前は菓子職人としてだけではなく、どこに行っても通用する一流の女になれる。技術だけが向上してもあかんのや。人間として、女として一流にならな、人には認めてもらわれへん。わしが全てを叩き込んでやる」

「こ、こんなことをするのも、一流になる修業だというんですか？　トイレに自由に行かせてもらえないのも」

「そうや、この場におる人の顔ぶれを見ればわかるやろ。京都という町を、いや、この国を動かし、経済、文化、政治、宗教——その中枢で生きてはる人ばかりや。ほんまもんの権力が集まっとるのは東京やない、京都や。そういうお人さんは、日本人を作っとる粋と艶いうもんを知ってはる。今でもほんまの日本の都は、この京都なんや」

松ヶ崎の言葉に、美乃は抗えない力強さを感じて、呑《の》まれるように聞き入っていた。

「美乃、ここで、わしはお前に一流の人間に必要な粋と艶を教えたる。秀建はん、お願いします」

いつの間にか袈裟を脱いで裸になり、大きな数珠を手にしただけの珍妙な格好の秀建が、満面の笑みを湛えて布団に横たわった。

「やっとわしの出番やわぁっ!!」

秀建は大声で喚《わめ》くように言った。興奮と期待のためか美乃に負けず全身が火照っているようで、朱色に染まっている。眼はギラギラと血走っていた。剃《そ》られた頭は電灯を反射し煌々と照り返し、異様な光を放っていた。

全裸で頭を光らせ大きな数珠を手にして合掌し、腹をたぽたぽと揺らしている僧が、鼻息を荒くしてそこに寝そべっている。

股間には、小柄で小太りの身体に似つかわしくない、美乃からすれば想像を絶するほど大きなものが隆々と屹立している。

山芋を連想させる形をした男の肉棒は、そのものが意志を持つかのようにぷるぷると震えていた。

「秀建はんのは、ホンマにいつ見ても、立派過ぎて驚きますわ」

岩崎が心の底から感嘆の声を上げた。

「ありがとうはんなぁ、松吉はん。さっきまで生娘やった、松吉はん御秘蔵のお嬢はんの、おしっこ飲ませてもらえるやなんて、感謝してもしたりんわぁ」

説法上手な僧として、テレビや講演会などでも引っ張りだこで、丸い恵比須様のような相好をいっそう崩し、秀建は仰向けに寝転がり、「南無阿弥陀仏」と繰り返し唱えながら、合掌をしている。

「ここで、やるんや、美乃」

有無を言わせぬ低い声で松ヶ崎が言った。

普段、「松吉」の店頭で、従業員達に緊張感を走らせる、あの声で。

「秀建はんはな、女の尿を浴びて、飲むのが好きなんや。そやから、美乃、秀建はんに跨《また》がって、シャーっとやるんや」

「そんなのいやです、トイレ行かせてください！」

「美乃っ！　わしに恥をかかせる気か！」

松ヶ崎が部屋に響き渡るような大声で怒鳴った。美乃はその声に圧倒されて、凍りつく。

さっきまで自分の上にいて、腰を振っていた男が――自分の口を吸っていた男が――

他の男達は、にやにやして美乃を取り囲んでいる。美乃が怯え困っている姿をいかにも楽しんでいるかのように。

秀建も寝転がりながら満面の笑みを浮かべている。見せつけるかのように、その大きな股間の逸物《いちもつ》をぶるんぶるんと廻《まわ》している、尿をかけられるのが楽しみで楽しみで仕方がないというように。

巨大な肉棒が今にも射精しそうな勢いで、ぴくぴくと躍動しながら左右に振り子のように揺れている。

どうせ、どうしたって、今、ここから逃れる術《すべ》もない。それに――逃げて、どうしようという気もない――

美乃は諦め息を大きく吸って、足を精一杯広げると秀建に跨った。腰を落として膝を折り和式便器で放尿する形になると、秀建の顔のすぐ上に美乃の股間が来た。

「絶景やぁっ！　絶景やぁ！　ええ匂いするわぁ！」

秀建は歓喜の声を上げた。

尿意はかなり込み上げてきている。けれど見られていると、思うように出そうもない。男達の視線がそこに集中している、真下にいる秀建に凝視されていると思うと余計だ。

しかし羞恥とともに、注目されているその場所が熱くなるのも感じていた。

見られて、私は感じているんだわ。そう認めざるを得なかった。

「もっとお尻を突き上げるんや、後ろの穴も皆さんに見てもらうように」

後ろから松ヶ崎の声がした。高まる尿意とともにヒクヒクと動いている後ろの穴が見られているのだと思うと、声が出そうになった。

「ええ眺めやぁ……」

自分の股の下に秀建の顔がある。数珠を手にして合掌し食い入るようにその部分を凝視しているのが、見ずとも痛いぐらい伝わってきた。そこにかかる秀建の鼻息が次第に荒くなっていく。熱い蒸気のような息で美乃の繊毛が揺れ動いた。

膀胱《ぼうこう》は明らかに張っているのだが、いざ出そうとするとどうしても出ない。出さないと松ヶ崎に怒られてしまう。そう思うことと待ち構えている秀建の鼻息とが、逆にプレッシャーになったのか、美乃のその部分は、ぷるぷると震えてはいるが、一線を越えることができない。

出そう出そうと試みて力を入れた。唇を嚙み締め顔をさくらんぼのように真っ赤に染めて、

「んっ……んっ……」と必死に息んでみてはいるが出なかった。

「まだ出ぇへんのかいな」

背後で松ヶ崎の声がした。

美乃はビクリと身体を震わせ、泣きそうな表情を浮かべる。

膀胱はもう十分に膨らみ、下腹部も張っている。けれど男達に見られながら、また尿を飲もうと待ち受けている坊主に跨りながらという異常な状況に、尿道の出口が緊張して萎縮《いしゆく》しているようだった。

──ああ、どうしたらいいの、出ない、おしっこが出ない。出さなきゃいけないのに──

美乃は堪えきれず、啜り上げた。

「なんや、出ぇへんのか。お嬢はん力入っとるみたいやから、あかんのや。力は抜くもんや」

股の下から秀建の声がした──異常に優しい、猫撫で声が──

「ああ、出ないんです……ごめんなさい……頑張ってるのに……」

「ごめんやあらへん。これからお前はわしらの許した時に、わしらの前でおしっこをせなあかん。最初が肝心なんや」

松ヶ崎の厳しい声が聞こえる。

——そんなこと言われたって、力が入っちゃう。見られていると思うと、恥ずかしくて——

「まあまあ、松ヶ崎はん。お嬢はん、お初やさかい、そら緊張もしはりますわ。もう、そこまでおしっこは今か今かと出たがってそうやさかい、あとは私に任せておくれやす」

そう言うと秀建は手にした大ぶりの数珠を腕から外し、両端を手で掴んだ。

にやりと笑いながら、数珠を、美乃の股間の縦筋に沿うように、押しあてる。

「ああっ！」

冷たく硬い数珠の感触が、熱く滑るその部分を刺激し思わず声を上げた。

——南無阿弥陀仏——

そう唱えながら、美乃の割け目に沿うようにあてられた数珠を、秀建は押しながら動かし始めた。

「あっ！　ああっ！」

大ぶりな数珠の珠《たま》がクリトリスを、尿道を、それらを覆う花びらを、じゅぽじゅぽという音をたてて往復する。行ったり来たりする珠が充血して屹立したままのクリトリスを弾く度に、美乃は声を上げ腰を浮かせた。

溢れ出す汁に濡れた数珠が行き来する度に、漏れ出す音も大きくなっていく。

「あっ！　あっ！」

秀建は美乃の股間で念仏を繰り返し唱えながら数珠を動かし続けている。

「あっ、出そうっ！」

数珠の刺激に、ぴゅっと、水鉄砲のように少しだけ黄色い液体が出た。

「おぉっ！」

秀建は舌でそれを受け止め、ごくりと飲み込む。しかし、やはり、それからまだ緊張が解けぬようにふっくらと膨らんだその部分は、微動はするがそれ以上放出されなかった。

「出まへんかぁ……かなり出たがっとるんやろうに」

秀建は手を止めて、数珠の房《ふさ》の部分を右手の親指と人差し指で摘んだ。

「これなら、どうやろ」

何本もの糸を縒《よ》って作られている、たわわで柔らかい房の部分——その先端で、今後はクリトリスを撫で始めた。さわさわと、あたるかあたらないかぐらいの微かな刺激を与えてみる。

「ああっーーーーっ！！」

幾本もの糸で作られた房に撫でられた、その柔らかい刺激についに美乃の膀胱は決壊した。

溜まっていた黄色い尿が、ぴゅるぴゅるとせせらぎのような音と細い線を描きながら放出され始めた。

尿が秀建の顔にあたり撥《は》ねる音と、男達の笑い声が広間に木霊《こだま》のように響き渡っていた。

「甘露《かんろ》やぁっ！　甘露やぁ！」

秀建は蛸《たこ》のように真っ赤になった顔で唇を尖らせて、美乃の股間にぱくりとかぶりつき、尿道に吸いついた。ちゅうちゅうと音をさせて、一滴も逃すまいぞといった勢いで、口が吸盤になったように隙間を作らず密着させている。

その刺激に美乃はもう足に力が入らず腰を完全に落とし、秀建の顔の上に跨り、残りの尿をも放出した。

「あーーーっ！」

溜めていたものを排泄《はいせつ》する快感なのか、秀建にその部分を吸われて感じているのか、美乃は、まるで陶酔しているかのような声を出した。

尿は秀建に導かれたかのように容赦なく、じょぼじょぼと大量に滝のように溢れ出している。

黄色い汁は、秀建を潤し、ごくんごくんと、喉を鳴らす音が部屋に響き渡った。口に入りきらない液体が、唇の端から、ごぼごぼと泡を噴いて零れ出す。

秀建の顔も、その下に敷かれた布団もぐしょぐしょに濡れていた。

最後の一滴まで秀建の口の中に放出した美乃は、跨ったままぐったりと前のめりになった。

秀建は美乃の花園に顔を塞がれたまま、笑っているかのように、身体をぶるぶると震わせている。

美乃が力をふりしぼりようやく股間を少し浮かすと、その下から、ケッケッケッケッと、怪鳥のような甲高い声で秀建が狂ったように笑った。

「甘露やぁっ！　仏様に感謝やわぁっ！　こんな美味いもんないわぁっ！」

前のめりになり、うつぶせになっている美乃の顔を、松ヶ崎がぐいっと上に向かせた。

美乃の股間は秀建の口の感触が残り、溢れた尿で濡れている。髪は乱れ化粧はとれ呆然とした表情で、眼の前にいる松ヶ崎の顔を見た。

松ヶ崎は美乃を見つめ返し、その手をとって立ち上がらせようとした。

美乃は生まれたての小動物のように、ふらふらと足元をよろめかせながら、かろうじて立ち上がった。

秀建は、仰向けになったまま、「南無阿弥陀仏、南無阿弥陀仏」とぶつぶつと唱えながら、荒い息をたて身体を震わせている。美乃の尿を飲んだ時に射精したのか、男根の先と腹の上には白い精が流れ落ちている。

「秀建はん、幸せそうやわぁ」

誰かが言うと、秀建は、

「……ホンマに、わし、女の尿とか、おめこから流れるお汁が好きですねん。幸せやわぁ、今、わし、ホンマに幸せやわぁ……」

と、答えた。

「わしはやっぱり尻の穴やなぁ。尻の穴の匂いも好きやし、出てくるのを見るのも好きやし、入れるんも、前より尻の穴のほうが好きやわぁ」

岩崎が、全裸の美乃を眺めてそう言った。

「美乃」

松ヶ崎が美乃をじっと見つめ名前を呼んだ。あの声で、人を支配してしまうほどの、抗えないほどの威圧感を感じさせる、重厚な響きを持つ声で。

「はい」

美乃は返事をした。

——敵わない、やっぱりこの人には、私は敵わない——

「合格や、美乃は、一流の人間になる資格がある。これから、その素質を磨いていくんや、この場所でな」

松ヶ崎は全裸の美乃の背後に回り、その肩を抱き男達のほうに向かせた。

「これからが、全ての始まりや。今日はまだ痛みも残るやろうから、手荒なことはせえへんから安心しとき」

美乃の耳元で囁いたあと、男達に向かって高らかに声を上げた。

「美乃はたった今、女になりました。これから皆さんの手によって、いろいろ教えたってください。今日はまださっき女になったばっかりやから、お手柔らかに、お願い申します」

そう言って頭を下げた。

「あああ、お尻の穴、舐めさしてもらいますわぁ。もう舐めとぅて舐めとぅて、たまらんのどす！」

全裸になった岩崎が、一歩足を踏み出してきた。

他の男達も岩崎のあとに続くように、ギラギラと眼を輝かせながら、美乃を包囲するように近づいてきた。

美乃はもう抗う気もなく、男達に身を任せようと、どこも隠さずに立ちすくんでいた。

これから自分の身に起こりうることの予感に、わずかばかりの恐怖と、それをもっても余りあるほどの期待に震えながら男達を受け入れようと、菩薩《ぼさつ》のような笑みを浮かべそこに立っていた。

それからの数年間。

美乃は「松吉」で、松ヶ崎の下で、京菓子職人となるための修業をつんだ。若い女であることで、古くからいる弟子の中には美乃を見下し厭味《いやみ》を言う者もいたが、そんなことは気にならなかった。

松ヶ崎は皆に公平に厳しかった。容赦なく叱る。しかし自分の持っているものを出し惜しみはしなかった。

美乃だけではなく、皆に一流の味を覚えろと、料亭に連れていったり、他社の京菓子も味わい学べと、お金を会社から出してくれたりもした。

美乃は、そうして、京菓子の技術以上に、精神、というものを学んでいった。京都で培われてきたもの、京都でしか培われないものがあるということを体感した。

定期的に、あの家には連れていかれた。かわるがわるあの場にいた男達にいたぶられ、様々な行為をし、時には男達がそれぞれに女を連れてきて乱交パーティのようなこともした。あの場にいた男達だけではない。著名な財界人、歌舞伎役者、俳優が、あの家に来ることもあった。彼らは酒を酌み交わし談笑し、政治経済文化を語りながら女を抱く。

そして美乃は、彼らに提供され彼らの全ての望みに応じた。

ホテルの一室で裸になり大勢の人間の前で、オナニーや放尿をさせられたこともある。縄で縛られ吊るされ鑑賞され犯されたし、浣腸され、出たものをある外国からの要人に食べられたこともあった。

いろんな男達の奴隷だった。

そうされることが気が狂いそうになるほどの快楽だった。

人間が纏う自意識という衣が、一枚一枚剝がされていき、本性が晒されていく——男達がそうなっていく様を見ることも、自分自身がそうなっていくのも、えもいわれぬ悦楽だった。

——私は、だんだん、ここで、綺麗になっていく——

ここで培った人脈が将来どれほど役に立つか、いつかきっとわかるだろうと松ヶ崎は言った。

彼らの慰みものになることは、力ある人間達の「性癖」という秘密を知り、弱みを握ることでもある。それがいずれ役に立つこともあるのだ、と。

高い服も着物も買ってもらったし、エステにも通わせてくれた。垢抜けない田舎娘は、いつしか男達の精液を浴び美しい女に成長していった。

しかし、いろんな男達と寝ていたけれど、心は松ヶ崎だけのものだと美乃は思っていた。

彼が望むから私はここにいるのだ、と。

自分は松ヶ崎を愛しているから、従っているのだと。

けれど自分には手の届かない人だ。

表向きの財界人のパーティには松ヶ崎は元舞妓の妻を同伴する。そして夜の接待では、美乃を連れ彼らに差し出していた。

所詮どう理屈づけされても、自分はそういう存在に過ぎない。影の存在であり奴隷なのだ。妻にはなれないし勝てない。

それでも松ヶ崎の傍にいられるなら、松ヶ崎に抱かれるなら一生それでもいいと思っていた。

ただ、松ヶ崎の妻は自分という存在を、そしてこの「遊び」を知っているのだろうか、それが気になった。

知っていなければ気の毒だと思う——が、同情と同時に優越感をも感じていた。自分は松ヶ崎の妻が知らない彼の本性を知っているのだと——

そのことを松ヶ崎に聞くと、何の衒《てら》いもなく、

「話したことはないんやけど、あれも、もともと祇園のええとこの娘やから、そういう世界があるっちゅうことは知っとるし、そういうもんやと思ってるやろ」

と、答えが返ってきた。

——嫉妬は、しないのですか？——

と、聞いた。

「嫉妬なんて、しぃひん女や。どっしり構えてはるわ、京都の女は芯があるんや」

松ヶ崎が笑って答えた。

その時、美乃は、松ヶ崎の妻が憎い、と思った。いや、憎悪している自分に気づいた。

あの日——松ヶ崎の妻がテレビの撮影で店に現れた時に、挨拶をした自分のことを、まるでそこに存在しないかのように無視したことを思い出した。自分などは松ヶ崎の妻にとっては、取るに足らない虫けらのような存在なのだ。

自分のほうがたくさん松ヶ崎と寝ても、「妻」にとっては嫉妬の対象にすらならない、勝負になどならない。とことん見下されている存在なのだと思うと憎悪が湧き上がってきた。

何様のつもりなんだろう、と。

そして嫉妬をしない妻——その妻に激しく嫉妬している自分が惨めで、いたたまれなくなった。

結局、松ヶ崎のもとを離れたのは、その関係に美乃が行き詰まりを感じたのが原因であった。

二十五歳になり、「結婚」というものを考え始めた時に、京都を離れてこの世界を出なければと考えたのだ。

松ヶ崎が妻と別れて自分と再婚することはありえない。そもそも松ヶ崎にとって、自分は恋愛の対象ですらない。弟子であり、奴隷にしか過ぎない。

けれどこのまま傍にいたら、彼から身も心も離れることはできない。

それが辛《つら》かった。

普通の恋愛そして結婚がしたかった。友達や親にも紹介できる相手と、二人で手を繋いで町を歩いたりしたかった。「好き」とか「愛してる」とか、そういう言葉を言われたかった。松ヶ崎にそれを望むことはできない。

「松吉」に退職を告げる時は、ただ「一度、外の世界で勉強をしたいから、東京へ行く」とだけ告げた。

松ヶ崎は引きとめもせず、残念がりもしなかった、そのことでなおいっそう、美乃は松ヶ崎を恨めしくも思った。

所詮、自分は奴隷に過ぎなかったのだと。一人の人間として女として必要とされていなかったのだと。そのことが酷く悔しくて泣いた。

東京の知人の店を紹介してやろうかと言われたが断った。

もう完全に繋がりを切りたかったのだ。京都での出来事そして松ヶ崎への想いを断ち切って、新しい別の人生を送りたかった。
そうして京都を離れ、東京へ移ってきたのだった。
もう二度とあの場所には戻らない、松ヶ崎には会わないと、誓って。

三　睡蓮《すいれん》

「うわぁ、修学旅行以来！」

新幹線を降り京都駅のホームに降り立った由芽は、もの珍しそうにキョロキョロと見渡した。

「浮かれちゃってモロに観光客みたいで、恥ずかしい」

「大丈夫よ、京都は観光客だらけだから。でもさすがに桜の季節ね、平日でもけっこう人が多いわ」

ヴィトンのボストンを手にした由芽は、淡いピンクのブラウスと黒いフレアスカートを身につけていた。

美乃はジャケットの下にタンクトップを着て、下はジーンズとスニーカーである。

「先生でも、そういう格好されるんですね、カジュアルな服装も似合ってて素敵です！」

東京駅で由芽にそう言われた。

ホテルにチェックインしたら着替えるつもりでいる。今晩は、高級料理屋を予約してあるはずだから、その時にはきちんとした服装をするつもりだ。

駅で大きな荷物を預けた。ホテルまで運んでくれるサービスがあるのだ。

京都駅でタクシーに乗り、円山公園《まるやまこうえん》までと告げた。

天然記念物に指定されている枝垂桜《しだれざくら》で知られる円山公園は、夜桜の名所でもある。けれど夜に行くと、大学生やサラリーマンの宴会で賑やか過ぎて騒がしく品がない。皆、桜など見ずにブルーシートの上で酒を呑んでくだをまいているだけだ。

そんな醜悪な光景を、由芽に見せたくないと思った。あんな光景はこの娘に相応《ふさわ》しくない。

昼間ならまだましだろうと思って、一番に行くことにしたのだ。

八坂神社《やさかじんじゃ》の前でタクシーを降りた。

「あのね、この近くのローソンも王将も看板の色が違うでしょ」

「あ、本当だ、白ですね。どうして？」

「京都は古いお寺や神社が多いから景観を大切にする場所なの。八坂神社の門前だから景観を乱さないようにって、色を変えてあるの。ローソンは場所によってそれぞれだけど、マクドナルドはどこも赤じゃないの、茶色なの」

「すごーい、そうやって守ってきてるんですね、古い街並みを。やっぱり京都って、なんだか特別な場所なんですね」

かつては京都の伝統や古い体質というものに、畏《おそ》れを抱いて抵抗を試みようとしたこともあった。けれど、いざ自分が京都を離れてみると、そういった感性を長い間持ち続けている この場所の在り様の凄《すご》さを認めざるを得なかった。

古いものをバカにして切り捨てる人もいるけれど、やはり千年以上残されているものには、普遍《ふへん》の価値があるのだ。消費されず残されるもの。その価値を忘れては大衆に好まれるものは作れないと、美乃は思う。

たとえ一時的にもて囃されてもすぐに消費されてしまうものには、興味はなかった。芸術家の作品が芸術足り得て後世に残るのは、普遍の価値を持つからだ。

消費されず後世に残り、芸術として評価されるもの——それがこの街には数多く残っている。

二人は八坂神社の石段を登り、朱塗りの鳥居をくぐって境内の中に入っていった。桜の季節なので普段は見かけない屋台も出ている。

京都の名物である七味唐辛子や漬物の屋台まで出ている。その様子を由芽は珍しそうに見ていた。

大きな社殿にお参りをして、石の鳥居をくぐり円山公園の中に入った。

そこは一面の桜のアーチに囲まれていた。薄桃色の花びらが舞い空を覆っている。

「すごい！」

由芽が感嘆の声を上げた。

京都の桜を見慣れた美乃からすると、席を取るために広げてあるブルーシートが何とも無粋であり、花見客の多さが気に障るのだが、それでも公園一面に咲き誇る桜を見て、「ああ、京都に帰ってきたんだ」と感慨深かった。自分が青春時代を過ごしたこの街に。

奥へ進むと枝垂桜があった。

円山公園の真ん中に枝を重そうに揺らしている。

薄桃色の花をつけた技が風に揺られて、まるで舞を舞う女のようにそこに佇《たたず》んでいる。

「もっと奥に行くとね、坂本龍馬《さかもとりょうま》と中岡慎太郎《なかおかしんたろう》の銅像があるの」

「へぇ」

「この近くの霊山護国神社《りょうぜんごこくじんじゃ》に二人のお墓があるの」

「石田さんが坂本龍馬好きなんですよ、きっと話したら羨ましがるだろうなぁ」

そう言って無邪気に微笑む幸せそうな由芽を見て、美乃の胸がチクっと痛んだ。が、すぐにそんな感情は打ち消した。

美乃は円山公園の脇にある長楽館《ちょうらくかん》でお茶を飲もうと由芽を誘った。

長楽館は明治時代に煙草で財をなし、「煙草王」と言われた村井吉兵衛《むらいきちべえ》の別荘を、ホテル、レストラン、喫茶店に改装したものである。命名はここに訪れたこともある初代総理大臣の伊藤博文《いとうひろぶみ》だという。

まるで鹿鳴館《ろくめいかん》を思わせるクラシックな内装の館内に入り、ウインナー珈琲を頼んだ。

ステンドガラスの窓と、昔の外国映画に登場する貴族の家のような階段や家具に囲まれながら、薔薇《ばら》の形の生クリームが浮かべられた珈琲を飲んだ。

「京都って、古いお寺や神社ばっかりのイメージがあるけれど、こういう洋風のものが、残ってるんですね」

「明治時代になって、東京へ遷都したけれど、やっぱり財界人や文化人の根城は結局のところ、この街だったんじゃないかと思うのね。だから、豪奢《ごうしゃ》な建築があちこちに残っているし、それらのものを文化財として、京都の人はきちんと保存しているの。繁華街に行ってもね、古いレトロな喫茶店やレストランがいくつかあるわよ。学生時代によく行ったわ。一見、対照的にも思える和と洋を調和させている街、それが京都よ。京菓子もそうなの。京都の和菓子というのは柔軟で、粋なものなら何でも採り入れ調和させている。だから凄いの」

長楽館を出ると歩いて高台寺《こうだいじ》へ向かった。

高台寺は豊臣秀吉《とよとみひでよし》の妻、北政所《きたのまんどころ》の眠る寺である。枯山水の庭とそこに佇む枝垂桜も有名であった。

長い階段を登ると右手に駐車場、そして霊山観音《りょうぜんかんのん》が見える。左手に高台寺への入り口があった。二人で中に入り、今が盛りの枝垂桜を鑑賞し、畳席に座りくつろいだ。

高台寺を出るともう四時を回っていたので、タクシーを拾いホテルに向かった。

ホテルは中心部から少し離れた静かな場所にある。数年前に有名ホテルチェーンのグループに買い取られ、名前が変わったとはいえ、値段も安くなく、なかなか予約をとるのが難しいと聞く。

いや、あの人の力だわ、これも。あの人に頼めば、この街では不可能なことなど何もない。あの人の顔で、きっといい部屋をホテルは用意してくれたのだろう。ツインではあったが、二部屋あり、広く市内が見渡せる部屋であった。

荷物を整理し、美乃はグリーン地で薄くチェック柄の入った、身体のラインに沿うようなデザインのスーツに着替えた。

「え、そんなにキチンとした格好ですか？」

「由芽ちゃんはそのままでいいわよ。今日、会う人ね、久しぶりだからいいかっこ見せたいのよ、私」

「なんだか、昔の恋人に会うみたいですね。綺麗に見せたいって」

――昔の恋人――恋人というような甘いものではなかったのよと、口にしそうになった。

恋人ではなく私は奴隷だったのよと口にすれば、由芽はどういう顔をするだろうか。

私は、またまだ半人前だ。運よく最近、世に出ようとしている程度の身に過ぎない。一流にはほど遠い。けれどあの人のもとを離れても、こうして立派に生きている自分を見せたかった。

「今日の先生、本当に綺麗。いつも素敵ですけれど、なんだか京都に来られてから、いっそう輝きが増したみたいで……先生って、この街が似合うんですよね。だから今日、いつにも増してお綺麗だと、ちょっと今、見惚れてしまいました」

由芽は感嘆したように息を吐いた。

――京都が似合う――そうかもしれない。この街は華やかな顔の裏に、底の知れない深い、得体の知れない蠢きを秘めている。私は奇《く》しくもそれを知ってしまい、人生が変わった。そして今、胸の奥に暗く燃え盛る闇のような灯火と、底なしの異常な欲望を持っていることを、必死で覆い隠して華やかな世界に生きている自分は、京都という街に似合っているのかもしれない――

由芽には、自分が昔お世話になった人と食事をするから、一緒に来てね、とだけ伝えてあった。

もちろん松ヶ崎のことである。

美乃は化粧を直し、鏡に向かっていた。

由芽は携帯電話でメールをしている、相手は石田だろう。

松ヶ崎と会うのは、六年ぶりだ。「松吉」を退職して京都を離れてから一度も会っていない。会っていないどころか連絡もとりあっていなかった。

たまに業界紙や情報誌でその姿を見かけることがあった、それはお互い様だろう。

松ヶ崎はもう五十五歳のはずだ。

変わっていないのだろうか。

普通の恋愛、結婚がしたいと松ヶ崎のもとを離れたが、結局、自分は誰とつきあっても長続きせず独身のままである。

最初は、いいのだ。

男から告白されつきあい始める。絵に描いたようなデート、そしてセックス。

セックスは好きだ、気持ちがいい。

けれどいつも、いつも何か足りないと思わずにはいられなかった。あの興奮、あの快楽が、感じられなかった。

会話を交わしてもつまらない。そして自分自身を解放できなかった。

自分は普通じゃないと自覚している。両手両足を縛られ、大勢の男に見られながら排泄をしていた過去なんて、人に言えるものでもない。

しかもそれは決して嫌々ではなかった。感じていたのだ。楽しみでならなかったのだ。

言い寄ってくる男達にそんな願望を要求もできないし、叶《かな》えられる男もいないだろう。

男達が言い寄ってくるのは、あくまで自分の表面上の姿だけを見てのことである。「本当の私」なんて見せられないし、見せたら離れていくだろう。

そうやって解放されないままつきあっていくと、いつも疲れてしまうのだ。男のほうから「君はそんな人だったのか」と離れられてしまったこともあるし、とにかくめんどくさくなってこちらから別れを告げたこともある。

そうして誰とも長続きしなかった。

仕事でも気を張っている。足を引っ張ろうとしている人間がいることも知っていたし、若い女というだけでなめられてしまうことも少なくなかった。

不景気で仕事の取りあいだ。少しでも油断をしたり、弱みを見せるとつけ込まれる。成功していると否が応でも嫉《そね》まれてしまう。

東京に来てから他人に気を許さず、必死で一人で生きてきた。歯を食いしばって努力を怠らず、寂しくても哀しくても人前では涙を見せず耐えて生きてきた。

強く、強くなろうと、必死で生きてきた。

隙を見せてはいけない、なめられてはいけない、つけ込まれてはいけない――そんな自分に安らぎを与えてくれるのは、由芽という真に純粋無垢で美しい存在だけだった。打算がなく、ひたむきに自分を慕ってくれる彼女に惹《ひ》かれ続けていた。

由芽は嫉妬なんてしたことないに違いない。卑屈さも傲慢《ごうまん》さも持っていないだろう。他者の存在を気にすることなど、彼女には必要がないことのはずだ。自分という存在のみで、満たされているはずなのだから。

嫉妬と上昇志向と憎悪、そして劣等感。私のエネルギーは、そこにしかない。

それらを植えつけたのは松ヶ崎という男の存在だ。そうやって様々なものを美乃の中に刻み込み、支配し、しかも自分を愛さなかった松ヶ崎を、恨んでいた。

自分のエネルギー源となっている、それらのマイナスの感情――嫉妬、憎悪――それは由芽が生涯持ちうることがないであろうものだ。

だからこそ美乃は由芽に惹かれていて、彼女が自分を慕ってくれていることが何よりも嬉しかった。由芽にはずっと変わらず、そのままでいて欲しかったのだ。

男なんかに汚されて欲しくなかったし、男のものになって欲しくもなかった。

矛盾しているようだが、自分を奴隷にして玩具にしていた男という生き物に、従属して欲しくなかった。

普通の女になんて、なって欲しくなかった。

けれど、もう由芽は、おそらく男を知っている。それが許せない。どうしても許せない。私のものにならないのは初めから承知だ。いつかは来る覚悟すべきことだったとはいえ、他の男のもの――平凡でつまらない男の妻――になるのは我慢がならなかった。

たとえそれが彼女にとっての幸せだとしても嫌だった。そして自分は一生そういう「平凡な幸せ」どころか、男と愛し愛され満たされるということもできないのだ。

おそらく自分にはこれからも、望んできた「普通の幸せ」なんてものは手に入らないだろう。それを容易《たやす》く手に入れようとする由芽に対して、女としての嫉妬もあった。

ねぇ、由芽。

私と一緒に、あなたもこちらに来るがいいわ。

一人の男に仕える普通の幸せなんてものより、もっと楽しい世界を見せてあげる。私を捉《とら》え続けて離さない世界を。

美乃は赤い口紅をひいて、鏡の中の自分を見つめた。

このまま結婚なんて、させてあげない。

口には出さず、そう呟《つぶや》いて、にこりと鏡の中の自分に微笑みかけた。

六時にロビーへ降りると、懐かしい顔が待っていた。

運転手の初田だった。白髪頭と屈強そうな体軀は昔と変わらず、美乃の姿を見かけると、丁寧に深く頭を下げた。

「初田さん、お久しぶり。まさかあなたが来てくれるとはね」

「お久しぶりです。ご活躍は聞いております。お会いできて、本当に嬉しく思っています」

初田はそれ以上余計《よけい》なことは言わず、車のドアを開け美乃達二人が乗り込むのを待っている。

「先生、今日の晩御飯のお店はどこらへんにあるんですか」

「もうちょっと北に行ったところ。繁華街から外れているの。今、桜の季節で繁華街は騒がしいでしょ。ちょっと静かなところへ行こうと思って」

三十分ほど走ると、鴨川べりにある小さな町家の前で二人は降りた。

「ここ？　看板とか出てないんですね」

「完全予約制でね、一日一組しかお客さんを取らないのよ。ちょっと変わった創作料理を出してくれるの、美味《おい》しいわよ」

「楽しみ」

扉を開けると、和服姿の仲居が立っていた。

「おいでやす、松吉はんと秀建はんは、もう来られてはります」

靴を脱ぎ、案内されて二人は奥の部屋に入っていった。

「来はりましたどすぇ」

仲居が襖を開けると、八畳ほどの部屋の奥には、松ヶ崎と秀建が座布団の上に座っていたが、二人の姿を見ると立ち上がった。

「ようおいでやす、桂木さん、久しぶりでんなぁ。えらいべっぴんさんにならはったなぁ」

秀建が相好を崩す。

初めて会った時と同じ袈裟姿に、昔と変わらぬ恵比須様のような笑顔。奥に好色さを潜《ひそ》めた顔。かつて、何度この顔の上に跨り尿を浴びせ、自分が排泄する黄色い液体がこの坊主頭を叩いただろうか。

「元気そうやな、美乃。まあ、座りなさい」

美乃は松ヶ崎と眼を合わせた。

ここに来るまで少し緊張はしていたが、まるでこの六年間の空白が嘘のように当たり前に、松ヶ崎は美乃の眼の前に存在していた。

かつて最も愛し、最も憎んだ男。

自分の身も心も、全てを知る男。

少し白髪が増えたように思えた。けれど嫌な年のとり方ではない。落ち着きが増し威圧感は相変わらずだと美乃は思った。貫禄が備わり、男としての魅力と圧倒的な存在感は衰えていない。

「ご無沙汰《ぶさた》していて、本当に申し訳ありません」

深く頭を下げた。

「こちらが私の教室の生徒の春菜由芽さんです。もうすぐ結婚してニューヨークに行かれるので、独身時代の思い出作りとして、京都の桜を見せてあげたくて、今回一緒に参りました」

「は、はじめまして、春菜由芽です」

緊張して頰を赤らめる由芽を見る松ヶ崎と秀建の眼が、蛇が獲物を見据えて吟味するように蠢くのが美乃にはわかった。

――喜んでもらえると思うわ、綺麗で可愛らしい娘《こ》よ、今時珍しい純情な娘。大事に大事に育てられた温室育ちのお嬢様――

電話でそう告げたのだ。

飲み物と料理が次々と運ばれてきた。

その話の上手さで、全国の講演会で引っ張りだこで、本やＤＶＤの売れ行きも好調という秀建が、おもしろおかしく話をして由芽の緊張をほぐし、ゆるやかな時が流れた。

由芽は酔いも回ったのか楽しそうだった。

松ヶ崎は普段職人達の前では厳格であったが、こういう人とのつきあいの場ではあたりが柔らかく、そこが意外さを醸しだした。隙をわざと見せることにより好感を得た。

思ったより気さくで親しみやすい人という印象を与え、心を開かせるのだ。そうして自分の得意な方向へ話を持っていく、それもビジネスの手段なのだということを美乃は学び、どれだけ役に立ったことか。

秀建は言うまでもない。人を引き込む話術の達人である。また秀建の笑顔には人を油断させる独特の魅力があった。

秀建が住職を務める寺では説法の予約がいっぱいだという。最初は修学旅行生相手に行っていたのが評判を呼んでいた。

その二人に囲まれ、由芽もすっかり打ち解けて楽しんでいるようだった。普段飲まない冷酒も、もう二本目だ。

——あれは、ちゃんと入れてあるわよね、料理かお酒か、どちらにか知らないけれど——

私が、あの時に飲んだお酒に入れられた薬——

その薬の名前は知らない。あれ以来、薬を使われたことはない。あの時なぜか美乃は手足に力が入らず抵抗はできなかった。それでも頭は冴えていたし感覚は鋭敏であった。もしかしたら違法な薬なのかもしれない。この人達は裏の社会とも強い繋がりを持っているから。あの場で知りあった男の中には、警察や暴力団関係者もいたはずだ。

もっともこの世界では、何が裏か表かもわからないけれど。

最後のデザートが出た時、美乃は眼を見張った。由芽も、

「うわっ、すごい！」

と、声を上げた。

それは睡蓮であった。

水底に根を伸ばし無数の花びらを広げ花を咲かす睡蓮を、寒天を使いゼリー状に仕上げた鮮やかな和菓子であった。花びらは、桃色と薄い黄色がグラデーションを描き、目が覚めるような透明感がある。しかもそれが深い碧色の水面《みなも》から咲き出ている。花びらの一枚一枚が丁寧に作られていて、その隙のなさと絶妙なる色の組み合わせに、一瞬で美乃は心を鷲掴《わしづか》みにされた。

「私の新作どす」

松ヶ崎が言った。

あの指から生み出された、繊細で細やかな細工——そして、この色——松ヶ崎には、やはりどうしても敵わない。

どうしたらこんな見事な物を作れるのだろう。私にはできない。美乃の心に敗北感が広がった。

竹で作られた匙《さじ》で掬い口にした。水の部分はサイダー味で、その中にある蓮の花はさくらんぼの風味《ふうみ》がした。口の中に甘さと爽《さわ》やかな香りが同時に広がる。

「美味しい！」

と由芽が心の底から感動したように言った。


食事を終えると初田の運転する車に四人で乗り込んだ。秀建が、

「お嬢さん方、せっかくやさかい、これから一杯やりながら花でも見に行きまへんか、夜桜や。京都の春夏秋冬を楽しむお仲間が集まる場所で、今夜は夜桜鑑賞会を開いてますんやわ」

と誘ったからだ。

個人の邸宅だが庭に桜を植えており、照明もセッティングして夜桜鑑賞を楽しめるのだと秀建が言うと、由芽は喜んだ。

四人を乗せた車は、あの家の前に止まった。

六年ぶりだ。

美乃は身体に緊張が走ると同時に血が滾《たぎ》るのを感じた。

玄関を開けると、あの時と同じように初田の妻の駒子が立って、

「おいでやす。ようお来はりましたなぁ。準備はできてますさかいに。岩崎はんや、榊原はんらも来てはります」

と出迎えてくれた。駒子も昔と変わらない。それどころかいっそう艶が出てきたように見えた。

美乃と眼が合うと、にっこりと、

「お久しぶりおすなぁ。桂木さん、すっかりべっぴんさんにならはって」

と、言った。

——やっぱり、この場所に戻ってきたのね、あなたは逃げられないのよ——そう言いたげな、意味深な光を瞳に湛えながら。

私は二度とここには来ないはずだった。京都を離れて東京で普通の男と恋愛をし結婚する、そんな人生を送ろうと決意したのに。

私は戻ってきてしまった。そしてそれを選択したのは自分自身だ。

あなたが悪いのよ、由芽。あなたさえいなければ私はここに戻らなかった。あなたのせいよ。

由芽は秀建と何やら楽しそうに喋りながら先に進んでいた。

奥の部屋に入ると、懐かしい顔——大学教授の岩崎や、昨年政界を引退した元国会議員の榊原、その他にも数人の覚えがある顔が揃っている、美乃は、「お久しぶりです」と挨拶をし、由芽を紹介した。

すでに松ヶ崎によって話は通っているのだろう。

夜桜を見に案内されると思っていた由芽は、不思議そうな顔をしながら窓のないこの部屋を見渡していた。

そんな由芽を尻目に、美乃は立ち上がり、おもむろに上着を脱いだ。白いサテンのタンクトップは、豊かな胸の隆起を見せつけるように光沢が蠢いていた。

由芽が驚いて美乃を見上げた。

「暑いの」

美乃はそう言って、そのタンクトップを脱ぎ、スーツのスカートも下ろしストッキングも脱ぎ、ブラジャーとパンティだけの姿となった。

白いレースで覆われたブラジャーからは、桃色の乳首が薄っすらと透けている。パンティもレースで、その下の陰毛も見えていた。

自分の肉体を見せつけるかのように、美乃は下着姿で、どこも隠さずに由芽の前にすっくと立つ。

顔には柔らかな菩薩のような笑みを浮かべていた。上気した頰が桜色に染まっているのは酒のせいではない。

「暑いわ、由芽ちゃんも脱いでいいわよ」

「先生、何で……」

美乃は眼の前で服を脱ぎだした自分を眺め、何が起こったかわからず混乱し始めた由芽の戸惑う表情を見下ろして、背中に戦慄《せんりつ》を覚えた。

それは快感だった。見られる悦びが全身に広がり震える。

かつて、この場所で教えられ覚えた羞恥という快感。

始まりだ。

――やっぱり私がしたいのは、こういうこと。私が本当に興奮するのはこれから始まることと――

足元から昇り立つ悦楽を味わいながら、美乃は由芽をじっと見据えて笑みを湛えていた。

「先生、服着てください！　酔ってるんですか！　人がいますから服着てください！」

「酔ってなんかないわよ。ねぇ、あなたも脱ぎなさいよ、暑いでしょ。脱がないなら、脱がせちゃうわよ」

美乃がそう言うと、かつてそうされたように、初田と秀建が由芽の背後に回り、腕を押さえつけた。

「何！　何するの！　やめてください！」

「自分で脱がないのなら、脱がせてあげる。ねぇ、暴れないでいたら、服も破いたりしないから、おとなしくしてね」

由芽は抵抗しようと試みた。けれどやはり薬がきいていて、力が入らないようだ。眼が虚《うつ》ろで足が震えている。

ブラウスのボタンを外しスカートも脱がせて、ストッキングもひき下ろすと、由芽はブラジャーとパンティだけの姿になった。

美乃と対照的でシンプルなデザインの、上下揃いの薄いピンクのシルクの下着だった。素材が見るからに高級そうだ。

「私と同じ格好ね。お揃いで嬉しいわ」

「いやっ、先生、どうしちゃったの？　どうしてこんなことするの？」

身体に力は入らないけれど頭ははっきりしているようだ。顔からは血の気が引いていて、微かに震えている。怯えた子兎のような痛々しい表情だった。

美乃は、男達に羽交い絞めにされ身動きできなくなっている由芽の全身を、舐めるように観察した。

顔だけじゃないのね、身体も白いわ。そして、なんて滑らかな肌。すべすべしていて一点のシミもないわ。奇跡みたいに綺麗な肌をしてるわね。

胸は思ったよりは膨らんでいる、Eカップはあるだろうか。美乃よりは少し小さめだが、若いからか胸の下から盛り上がり、綺麗な円形をしていて形が素晴らしくいい。腹の辺りも太ももも、ちょうどいい具合で肉もついている。

肉の薄い女は、縛った時に貧相で悲惨な感じがして美しくないのだ——それも松ヶ崎に教わったことだ。

由芽の身体も上質の和菓子のようだ。柔らかく、弾力があり、触れた指にしっとりと吸いつきそうだ。

怯えて血の気を失っている顔が嗜虐心をそそる。ふんわりとカールのかかった茶色の柔らかい髪が、少し乱れて顔にかかりそれがまた艶《なまめ》かしい。

大きく円《つぶ》らで黒い宝石を連想させる瞳には、涙が溜まって今にも溢れそうだった。

小さい唇が何かを叫びたそうに半開きになって、震えている。唇の桃色は口紅ではなく地の色だろう。

笑った顔も可愛いけれど、怯えた顔はなおいっそう可愛いわ。

美乃は腰を屈めて、由芽の腕や足を手で撫で始めた。

「由芽ちゃん、前から聞きたかったの。無駄毛の処理とか、どうしてるの。すごく綺麗よね」

「先生、そんなことよりも、助けてください……」

「答えて」

「先生」

「答えなさいよ」

美乃は、ふいに平手で由芽の頰を叩いた。

「ピシッ」という音が鳴り響いた。

由芽は眼を見開いて呆然としていた。おそらく誰からもこんなふうに叩かれたことなどないのだろう。

「私の聞くことに答えないと、もっと酷いことをするわよ」

「先生、先生はそんな人じゃ……」

「そんな人じゃ、何？　私はこんな人よ。ねぇ、毛の処理はどうしてるの、参考に聞かせてよ。同じ女として、すごく気になるの」

「エ、エステで処理しています」

「だから腋の下もこんなに綺麗なのね。ちょっと残念だわ、少し剃り残しがあって、そこを舐めると、じょりじょりって感触を舌で味わえて気持ちいいのに」

美乃は由芽に近づき、その腋に舌を伸ばそうとした。

「いやっ！」

「婚約者はこんなところは舐めてくれないでしょ」

舌を伸ばし、由芽の腋の下を、ぺろりと舐めた。

「ちょっとしょっぱいけど、美味しいわ」

そう言ってにやりと笑った。

「わしらにも楽しませてもらえんやろか」

そう言いながら背後にいる松ヶ崎が、美乃のブラジャーのホックを外した。

ブラジャーに続きパンティも下ろされた。そしておもむろに、指を足の付け根に這《は》わせ、探るように動かす。

「もう、十分に濡れてるやないか」

「……ずっと濡れてたのよ、朝から」

松ヶ崎の指には魔物がとりついてるようだ。六年ぶりの松ヶ崎の指の感触に、心も身体も沸き立ち鳥肌が立った。あの、美しく繊細な京菓子を作り出す、指に。

この指で触れられたいと、どれだけ願ったことだろうか。修業中、京菓子を作る松ヶ崎の指を見て、その菓子に嫉妬をしたことすらあった。

「この締まりも、濡れ方も、昔のまんまやなぁ」

松ヶ崎が襞を確かめるように掻き回し、美乃のその部分はくちゃくちゃと音を出した。思わず声を出して、そのまま身体を委ねてしまいそうになるのを、必死でこらえた。今は、私じゃない、この娘に――

美乃は悠然とした表情を崩さずに、松ヶ崎の手を払った。

「この娘を仰向けに寝かせてくれます？」

美乃の指示に従い、初田と秀建が抱きかかえるように腕を押さえたまま、由芽を寝転がさせ仰向けにして上を向かせた。

美乃は由芽に覆いかぶさり、唇を塞いだ。閉じた唇を無理やり舌でこじあけて、自分の舌をぬるりと入れて、口の中を掻き回す。

「んっ……んんっ……」

男よりも女の唇のほうが柔らかくて気持ちがいいはずだ。それは経験から知っている。男とのキスと女とのキスは違う。

男にされるがままのキスもいいけれど、女同士の柔らかさが重なりあわさる弾けるようなキスも、いい。

顔を離すと、由芽の眼から涙が溢れていた。

「どうして……先生が、こんなことを……」

「あなたが、あまりにも可愛いからよ。だから、他の男に渡したくないの。それで、この人達に協力してもらったの」

本音だった。自分を慕ってくれていた由芽が、男に抱かれ結婚して遠くに行くという。それを聞いた時、そして婚約者と手を繋ぐ由芽を見た時に、自分の中のタガが外れたのだ。京都を離れて六年間、押さえ込んできたタガが。

行かせたくない――

それは愛情なのか、嫉妬なのか、どちらともいえぬものだった。ただ、どうしても、離れる前に、由芽の身体に触れてみたかった。悦びを与えてみたかった。だから、松ヶ崎達に協力を仰いだのだ。自分が与えられた悦楽を、この娘にも味わわせることにより、自分のものにしようと思ったのだ。

美乃は由芽の背中に手を回しブラジャーを外した。

形のいい乳房が露になる。

「いや！　見ないで！」

由芽が眼を逸らす。

その形の完璧さと弾力に、感動すら覚え息を呑んだ。

「綺麗な、おちちどすなぁ」

秀建が惚れ惚れと言った。

白い乳房は、その皮膚の薄さと透明度のせいか、青い血管がところどころ浮き出ていた。

乳輪《にゅうりん》は綺麗な円を描き薄桃色で、乳首は桜の蕾《つぼみ》のように小さく遠慮がちに屹立していた。

「可愛い乳首、勃ってる」

もっと本当はじらすつもりだったのに、我慢できずに美乃は乳首に口をつけた。

咥え込み、すぽんすぽんっと軽く吸い上げると、その度に由芽が、「んっ！　んっ！」と
反応し、体を動かした。

「あら、意外に感じやすいのね。声出したければ、出していいのよ、遠慮しないで、外には
聞こえないから」

昔、自分が言われたことと同じことを口にしていた。

ひとしきり吸ったあとで、両手で乳房を揉みしだく。張りと弾力、それに溶けるような肌

の感触に興奮してきた。そのうちに由芽の顔には血の気が戻り、赤く染まってきた。体温も上がり、身体全体が白桃のようにうっすらと色づいている。

いつの間にか初田が、由芽の両手首に麻縄を巻きつけていた。これも、かって自分がされたのと同じだ。

けれど、あの時と違うのは、もう由芽は処女ではないこと――婚約者の身体を知っているのだ。だからどんどん穢してやってもいい――

「ねぇ、触っていいわよ」

と、美乃は自分達を取り囲む男達を見上げて言った。

左右から秀建と岩崎が手を出して、由芽の乳房に触れ揉みしだき始める。

他の男達も近づき、身を乗り出して次々に手を伸ばしてきた。

「いやぁっ！」

「張ってて硬いどすなぁ！　揉みがいのあるおちちやわっ！」

秀建が嬉しそうに声を上げた。

ケッケッケッと、怪鳥の鳴き声のような高らかな笑い声が部屋中に響き渡る。

松ヶ崎は右手で由芽の乳房を、左手で美乃の乳房を触っていた。

「……久しぶりだわ……こうして、触られるのが」

か」

「離れてから、どれだけの男と、どんなふうに寝たんか、またゆっくり聞かせてもらおうか」

「話すほどのことはなかったわ。ここに戻ってきたのが答えよ。悔しいけど」

乳房を男達に揉みしだかれながら、由芽は、

「いやっ、いやっ、お願いっ！　やめてっ！」

と叫び眼からは涙が零れ続けている。

本当は、もっと大きな声を上げたいに違いない。けれど声を出す力が入らないのだろう。

「ねぇ、由芽ちゃん、ここ、触ってもいいかな？」

美乃が右の手のひらで、下着の上から由芽の下腹部に触れた。ピンクのパンティには薄っすらと繊毛が透けて見えている。

「そこはいやっ！」

「何でぇ、あの石田って男には触らせたり見せたりしたんでしょ、私にも見せてよ」

「先生、どうしちゃったんですか？」

「あんなつまんない男に見せて、私に見せてくれないわけないわよね。ねぇ、由芽ちゃん、私のこと尊敬してる、好きだ、憧れだって言ってたよね。だったらねぇ、ちゃんと言うこと聞いてよ、見せてよ」

「いやです……女の人に見せるなんて」

「女だから、いいんじゃない。見せて、見せて、見せてよぉ、見せたくなくても、見ちゃうよ。でもその前に、どんなふうになってるのか、先生に点検させて」

美乃は由芽の股を開かせ、下着の上から人差し指と中指で割れ目をなぞった。

「あらぁ、これなぁに？　何なのよぉ」

美乃が覗き込むと、パンティの布が二重になっている部分に少し黄色いシミが浮き出ている。

「沁《し》みてるわよ、でも、これ、黄色いから、おしっこね、おしっこちょっと漏らしちゃったの？」

「違うっ！　違います！」

「たくさん飲んでたもんね。あら、ぶるぶる震えてて、本当はものすごくおしっこしたいんじゃないの？　我慢してるんでしょ」

「違うっ！」

「漏らしたら畳が濡れちゃって始末に困るわ、おしっこだらけのところでしたいの？　おしっこしたいなら、正直に言いなさい、トイレぐらい行かせてあげるから。みんなの見てる前で漏らすのと、どっちがいい？」

「ト、トイレ、行きたいです、トイレ行かせてください」

「だぁめ！」

「そんな！　さっきは行かせてくれるって！」

「嘘よ。ここで、おしっこしなさい。子供みたいに、じょろじょろってやっちゃえばいいのよ」

「できません、先生、トイレに、お願い、行かせて……」

「だぁめ。由芽ちゃん、大人になってから人に見られておしっこしたことある？　ないでしょ。先生ね、何度もしたことあるの。いろんな人に見られて、いろんな場所で、おしっこしたよ。すっごく、気持ちよかった。おまんこの上にある、おしっこの穴からね、出てくるところ、いつも見られてた。普通にトイレでするより、絶対に気持ちいいから、してみようよ」

「いやぁ！」

「んふ。可愛い。まあ、いいわ。いつでもしたくなったら言ってね。したくなるように、刺激してあげなくっちゃ」

そう言って美乃は、すでに下半身を剝き出しにしている秀建に目配せした。

美乃は初田が用意した大きなハサミを受け取った。

「まずは、由芽ちゃんの、おまんこ拝見」

由芽は、恐怖の色を瞳に浮かべ、ハサミを手にした美乃を見上げていた。

これが、あの美乃先生、だろうか。

知的で上品で、大人で美しくて……そしていつもどこか寂しげで憂いのある人だった。

由芽の家柄と美貌に、群がってくる人間は少なくなかった。

異性なら最初から警戒し距離を置けるが、難しいのは同性とのつきあいだった。友達のフリ、仲よしのフリをして利用しようとする娘や、やたらと崇拝して勝手なイメージを押しつけ、幻滅したと言って一方的に怒る人間、そんな女達がよく近づいてきた。

けれど美乃は。

仕事に、京菓子に対する誠実さ、凜《りん》とした姿勢に由芽のほうから憧れたのだ。仕事においても、日常生活においても媚《こ》びず、不器用《ぶきよう》と思えるほど正直で努力家で、負けず嫌いで——そんな美乃は、のんびりと守られながら育ってきた由芽の憧れであり、理想でもあった。

その美乃が今、眼の前でハサミを手にし、狂気を窺わせ陶酔した眼をしながら、卑猥《ひわい》な言葉を口に出し自分を責めている。

「私ね、由芽ちゃんの、おまんこ、ずっと見たかったの。何度も由芽ちゃんのおまんこ、想像してた」

美乃の持つハサミが由芽の股間に下着の上からあてられた。その硬さと冷たさが布を通じて伝わり、由芽は硬直する。

「そんなことしないでください……先生……」

「いや、しちゃう。そういう怯えた顔ね、見たかったの。そういう顔も、あの男にはまだ見せてないわよね」

ハサミが腰にあたる部分の布を掬い、ジョキッと音をたてた。

「ああっ！」

由芽は、あやうく尿を漏らしてしまうところだった。刃物を肌にあてられるというのはとてつもない恐怖だ。

「こっちも、切っちゃうね」

もう片方の布にハサミをあて、ジョキッと切った。

「やめて！」

布が股間を覆うだけの状態となった。

「さあ、待ちに待ったおまんこよ。由芽ちゃんが処女じゃなくて、残念だけどね」

美乃が大きく息を吸って、髪の毛をかきあげた。

男達は、さっきから無言になって由芽を責める美乃を凝視している。

美乃の独り舞台だった。

全裸になり、自分の持ちうる全ての美と色を見よと言わんばかりに曝《さら》け出しながら、眼の前の女を喜びながらいたぶる美乃に、男達は呑まれそうになっていた。

「おまんこ、見ちゃう。みんなにも、見てもらっちゃう」

美乃は指で覆っているだけの下着を挟み、下げた。

両足を男達が、さらにぐいっと広げた。男達は、まるで美乃の下僕のように従い、動く。

露になったその部分は、股の付け根部分が濃い桃色で、ぷっくりと饅頭のように膨らんでいた。そこから淡い繊毛が広がるように生えている。

繊毛はふわふわと漂うように揺れていた。一本一本の毛が細いようだった。

淡いので割れ目もその中も、はっきり見ることができる。

桃色のぷっくりした大陰唇の内側には、ほとんど色素沈着も厚みもない小陰唇が閉じており、その上部にほんのわずかに顔を出す花の蕾のような楚々《そそ》としたクリトリスがあった。

「まあ、可愛いおまんこ！　ねぇ、見て、クリトリスがこんなに小ちゃくて、可愛いの！　可愛いのは、顔だけじゃないのね」

美乃が声を上げた。

男達が覗き込んで、その部分を凝視していた。由芽は男達の視線を痛いほど股間に感じる。

「生娘やないにしても、綺麗なおめこどすなぁ」

「マメが小さいな。美乃の半分ぐらいや」

「花びらが薄うて、なんや毛がなかったら、子供のおめこみたいやなぁ」

「見ないでっ！」

由芽は泣きじゃくった。

美乃の指が由芽の股間に伸びる。

「やあねぇ、私より、ずっとちっちゃいクリトリス、皮を剝いて、もっと出しちゃいなさいよ」

美乃の指が、くいっと由芽のクリトリスの表皮をめくった。

「いやぁあん、可愛い」

美乃は顔をその部分に近づけた。

くんくんと匂いを嗅《か》いでみる。身体全体が汗ばんできたのは先ほどからわかっていたが、その部分からも、汗と、熟れて腐敗する寸前の果実のような酸味と甘味の混ざった、鼻腔を刺激する匂いがツンと漂ってきた。

匂いを嗅ぎながら美乃は長い舌を伸ばし、クリトリスと割れ目の境目の付近に触れてみる。

「いやっ！」

由芽が声を上げた。

――これが、由芽の、おまんこ――

ずっと見たくてたまらなかった、焦がれていた由芽の一番大切な部分、由芽の聖域。そこを美乃は舌でなぞり、匂いを嗅ぎ、味わっていた。花びらをめくるように、内側を撫でるように舐める。

一通り舐め終わったあと、チュッ、チュッと、音をたて、そこにキスをした。母が赤ん坊を慈しむように、何度も軽いキスを繰り返す。

美乃は身体を起こして、いったん由芽の股間から離れると、手で由芽の下腹部を撫でた。だいぶ膀胱に尿が溜まっているようで張っている。これなら、もうそろそろだろう。

美乃がそっと目配せをすると、袈裟を脱ぎ、すでに全裸になって数珠を手にしていた秀建が、にやにやと笑みを浮かべながら膝を摺《す》り寄せ近寄ってきた。

あれから六年経っているのに、相変わらず秀建の股間の肉棒は衰える様子もなく、天を貫くような角度と、獣じみた大きさを保っている。

「由芽ちゃん、おしっこしなさい。もうだいぶ溜まってるんでしょ、お腹パンパンよ」

かつて自分が松ヶ崎にそうされたように、由芽の尿意を導こうとしていた。

「いや……できないよぉ……そんなこと、できないよぉ……」

足を開かされ股間をあからさまにしたまま、由芽はその表情を見せまいと必死に首を捻らせる。眼を瞑《つむ》り小さな唇を震わせ怯えている。

「できないのなら、させてあげるわ」

美乃は由芽の股の間から離れて隣に回る。それまで美乃がいた位置に、秀建が鼻息荒くにじり寄って入ってきた。

秀建はあの時、美乃の股間を嬲ったのと同じ大ぶりの数珠を手にしている。

「南無阿弥陀仏、南無阿弥陀仏、観音様を拝みに来ましたで」

秀建は由芽の開いた股の間に、どかっと正座で座り込んだ。

そして仰向けになり、手足を押さえられ、剝き出しにされた若草の揺れる可憐《かれん》な股間に沿うように縦筋に数珠を置き、ぐりぐりと押しつけ始めた。

「いやぁっ！」

由芽が顎を仰け反らした。

もう身体は汗ばみ、さくらんぼのように濃い桃色に染まっている。

秀建は数珠の上下を持ち、ごしごしとその部分を行ったり来たりさせて擦り始めた。

あの時と同じように、大きな珠がクリトリスを弾き、花びらの付け根をちゃぷちゃぷと音をたてて往復する。

「いやぁっ！　いやぁっ！」

由芽は数珠の往復のリズムに合わせて声を上げ、身体を捻じらせる。股間から漂う匂いがいっそうきつくなってきた。

尿意が込み上げてきたのか感じてきたのか、由芽の身体が傍目《はため》から見てもわかるくらいに、ぶるぶると痙攣し始めた。

「とどめは、これや」

秀建は数珠を由芽の身体から離すと、いつか美乃のクリトリスを刺激した房の先を、自分の口の中に入れた。口の中に房の先端を含み、くっちゃくっちゃと鳴らしながら唾液で濡らして、房の先を尖らせる。

秀建はひくひくと痙攣する由芽のその部分を、指で広げた。

「ここが、おしっこの、穴や」

小さなクリトリスが震え、その下で小ぶりな花びらに取り巻かれている、軟体動物のようなぬめりを帯びた濃い桃色の部分に、控《ひか》えめに息づく穴があった。

秀建は唾で先を尖らせた数珠の房で、その穴をつついた。

「いやっ！　出るっ！　出ちゃうっ！」

由芽の腰が浮き上がり、下半身が激しく震える。

秀建はにやりと笑いながら、その房の先端を尿道の中に捻じ込ませようとした。

「いやぁあああーーーっ！」

由芽が腰を浮かせて叫んだ瞬間に、尖った数珠の房により刺激された尿道から液体が噴射した。

じょぉおおおおおおおーーーーーー
と音をたてて出た尿が畳の上にぼたぼたぼた……と、落ちる。

すかさず秀建が由芽の股間に顔を寄せ、勢いよく噴出される尿を飲もうと大きく口を開けた。

「いやぁあああーーっ！　やめてぇえええーーーっ！」

自分の股間からの噴射音と、さっきまで談笑していた坊主に、それを飲まれることの恥ずかしさと混乱で、ただ由芽は叫んでいた。

口を大きく開けた秀建は、飢《う》えた獣が餌《えさ》を喰らうようにがぶりと由芽の股間にかぶりつき、尿道にちゅううぅと吸いついていた。全て漏らさず飲み込まんとばかりに、必死に顔を埋めていた。

それでも勢いよく噴出された由芽の尿は、秀建の口に収まりきらず溢れ出て畳を濡らしていく。

秀建がちゅうちゅうと音をたてて吸いつき、それに呼吸を合わすように由芽の身体がひくひくと痙攣する。

秀建が吸いついた由芽の股間から聞こえてきた放尿音が止んだのを確認して、美乃は嘲笑するようにわざと大声を出した。

「やだぁ！　こんなところでお漏らしして！　みっともない娘っ！　これから結婚して奥さんになるのに、たくさんの人の前でおしっこしちゃうなんて信じられないっ！」

「溜まっとったみたいやなぁ、たくさん出ましたわ。おおきに、甘露どす。ぎょうさん飲ましてもろうたわぁ。南無阿弥陀仏、南無阿弥陀仏！　ありがたいわぁっ!!」

秀建が顔を由芽の尿塗《まみ》れにしながら、心底満足そうな笑みを浮かべ、流れかかる尿を舌で舐めとろうとしているのを見て、由芽は今起こったことが理解できずに、足を広げたまま呆然としていた。

初田により尿が拭き取られ、再びそこに寝かされながら、ただしゃくり上げるしかできない由芽の足の間へ美乃は回り込んだ。

仰向けになった由芽の、さきほどの放尿の余韻を残すようにぴくぴくと痙攣を残す花びらに、美乃は四つんばいになり顔を近づけた。

そこからは、つんとした尿の匂いがした。

「由芽ちゃん、石田さんには、ここ、舐められたりするの？」

「……」

「答えなさい」

「ない、です」

「でしょうね、そういうこと、しなさそうだわ。それともあなたが恥ずかしがってまださせないのかもしれないわね。ねぇ、ここを舐められるのってね、人にもよるけど、すごく気持ちいいの。おしっこするところよ。そんなところを舐めてくれるのよ、すごいことでしょ。ねぇ、こんなことね、愛情がないとできないわ。石田さんがあなたにしないのは、まだ愛情が足りないのよ。私は、ずっとあなたのおまんこを、舐めたい舐めたいと思ってたの。あなたのことが好きだからよ。ずっと舐めたかったの、願いが叶って嬉しいわ。あとでね、私のも舐めてちょうだいね」

美乃は、そのまま由芽の秘園に顔をうずめる。

「やっ！　先生っ！」

「おしっこ臭いわね。でも由芽のおしっこなら美味しいわ」

まず、割れ目に舌を添え上下に動かした。動かしながら、ゆっくりと舌を深く入れていく。

わざとぴちゃぴちゃと音をたてながら。

女の花びらを舐めることは初めてではないが、やはり由芽のは、味も香りも格別で舌に神経を集中させて味わった。

女だからわかる。

奏でられる音が羞恥を高めるのだ。

花びらの狭間《はざま》に残った尿を美乃は舐めとった。

もう由芽は「いや」とは口にしなかった。

「うっ、あっ」

唸《うな》り声を抑えながら身体をピクンピクンとさせ、腰を動かし反応させている。

美乃はクリトリスを舐め始めた。舌の先っぽで、つんつんと小さな突起を刺激し始めた。

「あっ――」

由芽の身体が痙攣した。

「あっ、ああっ、あんっ」

断続的に由芽が喘ぎ出したので、今度は口の中に全体を含み軽く吸った。

「いやっ！」

由芽の腰が今度は大きく躍動した。

「美味しい、由芽のクリトリス」

心の底からの本音だった。

松ヶ崎に教えられたように、美乃は舌先に全ての感覚を集中させ和菓子の繊細な味を吟味するように、由芽の小さくつやつやした真珠のように丸い先端を味わった。

女のそこも、男のそれも、実は一人一人匂いも味も違う。

セックスの快楽というものは、五感で感じるものだ——性器の結合だけではない、嗅覚、触覚、視覚、全身の感覚を研ぎ澄まし享受し、味わうのだ。京菓子を味わうのと同じなのだ。そのことも美乃は松ヶ崎から教え込まれた。

夢中になって、美乃は由芽の股間を舐めていた。由芽の身体の味と匂いをとことん味わい尽くそうと。

「あっっ!」

大きな声を上げたのは、美乃だった。

いつの間にか松ヶ崎が服を脱ぎ、四つんばいになり尻を上げている美乃の秘園に、自分のものを、あてていた。

「いや、まだ、そんなの……しないって。今日は見てるだけって……」

「嘘をつくんやない、美乃。お前は、これを待ってたんや。これが欲しかったんやろ」

松ヶ崎が懐かしいその肉棒で、美乃の濡れきった花びらを擦った。

「あ……」

潤いきった秘裂を男のもので擦られて、そこがチャプチャプと音を発する。今度は美乃が声を出す番だった。

「入れずに、ずっと擦り続けてやろうか」

「いや……やめて……そんなことされたら気が狂う……」

「入れてしまったら、その娘を舐めるどころやなくなるやろ」

「いやぁ……」

「擦り続けてやろう。そやから、お前もその娘を悦ばしてやりなさい」

美乃はこくんと頷いて、由芽の肉壁を味わうことを再開した。

真珠のようなクリトリスが充血して勃起している。つやつやと光って本物の宝石のようだった。

美乃は右手の人差し指と中指を、白い液体が今にも溢れ出しそうな穴に滑り込ますように入れた。

「あっ！　入れないで！」

「簡単に入っちゃった。もう、ここはぬるぬるね。舐められたことはなくても、石田さんには、もう、ここに何度も入れられてるんでしょ。あの男、大きいの？　どんな形してるの？

あのつまんない男は、どんなおちんちんしてるの？」

「そんなこと……」

「言いなさいよ、言わないと、もっと指入れちゃうわよ」

「……普通だと、お、思います……」

「そうね、由芽ちゃん、他に比較するもの知らないものね。ねぇ、私には、男のおちんちんがないの。だから、ここに入れて中を突いたりできなくて悔しいの。由芽ちゃんの奥を味わうことはできないの。ああ、だけど、入り口しかわかんないけどよく締まるわ。締めつけてくるわ、あなたの、おまんこ。可愛い、おまんこ。綺麗で、まだあまり入れられていない、おまんこ。私の指がね、きゅっ、きゅって、締めつけられてきて、あなたの悦んでいる汁がね、生温かいお汁がね、私の指にまとわりつくの、それが、気持ちいいの。もうこんなに濡れてたら、私の指、ふやけちゃってるわね。ねぇ、私の指をおちんちんだと思って。いいおまんこしてるわ、あなた。大人しいくせに、こんなにだらだら流して、締めつけて、あなた実はすごくいやらしいわ、才能があるの。それは素晴らしいことよ、もっと才能を発揮して、自分も楽しむべきよ。もったいないわ、あんな男一人のものになるなんて駄目よ。あんなくだらない男の妻になって、家庭におさまるなんて、本当にもったいないわ、こんなにいやらしくて綺麗なのに」

　美乃はクリトリスを味わいながら、二本の指を出し入れしてピストン運動を続けていた。白い液を奥から掻き出すように、第二関節を曲げた指で襞の天井を擦るように、出し入れし続ける。そこからはちゅぷちゅぷと液体をかき混ぜる音が絶え間なく聞こえていた。

　四つんばいになり、腰をくいっとあげた体勢のまま、由芽を弄《もてあそ》ぶ美乃の背後では、松ヶ崎が自らの肉棒を美乃の花びらの合わせ目に擦り続けている。

「うわぁ、もう、見てるだけなんて拷問や！」

　秀建が大声を上げた。秀建の股間では、山芋を連想させる巨大な肉棒が今にも張り裂けんばかりに屹立している。

　あの頃、美乃を弄んでいたメンバーの中では一番大きかったので、咥えると顎が疲れるし入れられるといっぱいになるので、最初は苦手だった。けれど慣れてくると、襞が隙間なく満たされる感触が快感になった。

　その秀建の巨大な男根も、今は、懐かしく、愛《いと》おしく思え、美乃は唾が溢れてくるのを感じ、ごくりと喉を鳴らす。

「秀建さん、由芽ちゃんのおっぱい揉んでください」

　秀建が、これも人より大きな玉袋をぶらぶらさせて由芽の頭上に回り、乳房を揉み出した。

「由芽ちゃん、あとで、この人達のおちんちん咥えてあげてね。そして、おまんこにも入れさせてあげてね」

「嘘っ！　それはいや！」

「見たいの、あなたが今日初めて会った男達に犯されて、嫌がる顔が見たいの。いろんな男に無茶苦茶にされる由芽ちゃんが、綺麗なあなたが汚されていくのが、見たいの。先生ね、由芽ちゃんの身体を変えて、そして心も変えたいの。身も心も正直になって欲しいの。あのね、先生ね、この人達に出会って、自分がドスケベで淫乱《いんらん》で、変態だってことを知って、悩んだの。初めての時からこの部屋で皆に見られながら犯されて、でもそれがすごく気持ちよかったの。だけどそんなのおかしいから、普通の恋愛やセックスや結婚をしたくて、京都を離れて東京に来たの。でも普通の男達、あなたの婚約者みたいな、どこにでもいる男とセックスしても、いつも物足りなくて、物足りなくてもっと、もっと、いろんなことをして欲しくて、いろんな人とやってみたけど、満たされなかった。そういう自分は異常だと思ってずいぶん悩んだわ、カウンセリングを受けようかと思ったこともあるの。でもね、本当はね、こんなこと、全然、変なことじゃないのよ。人間は、一皮剝けば、皆変態だわ。その度合いが、人により大きかったり小さかったりするだけ。それは、こういう気持ちのいいことを知っているか知らないかだけの話よ。だって、ほら、由芽ちゃん、人に見られて、女である私に舐められて、こんなにも濡れて悦んじゃってる。あなたも私と同じなのよ。今まで知らなかったでしょ、こういう気持ちいいことがあるなんて、あなたのパパは、あなたを自分の城に閉じ込めるように、男の眼を避けさせて大切に大切に守ってきたもんね、あっ」

美乃の股間を擦っていた松ヶ崎が、今度は自らも四つんばいになり、美乃の尻肉を掻き分け、その奥の穴に口をつけた。

舌を尖らせ、幾重もの皺に縁取られた菊の花びらを円を描くように、ぐるぐると舐め回す。

「あっ！　それやられたら！　私！」

「ここの悦びも、その娘に教えてやったらええ」

美乃は快感に震えながらもそれに耐え、由芽の尻の下に手を入れて、顔を近づけた。

この穴を舐められることも、入れられることも美乃は感じる。松ヶ崎だけではなく尻の穴をこよなく愛する岩崎により、何度嬲られ鑑賞され、弄ばれたことか。

男達に身を委ね任すことにより、美乃は自分の身体の全ての器官が快楽を感じることを知った。

松ヶ崎に言われたとおりに、由芽の花の蕾のようなその部分に唇をあてる。自分よりも、色素沈着が少なく淡い色をしている。きゅっと締まって指一本も入れる隙間がない。薄っすらと汗に甘味を加えたような匂いがした。

「ここも、小さくて、可愛い。あなたの、うんちが出る穴」

松ヶ崎が今、自分にそうしているように、舌の先で花びらの皺を一本一本なぞるように、丁寧に舐め上げる。舐めれば舐めるほど、甘い匂いが強くなったような気がした。

「いやぁ！　先生っ！　そんなところ、汚い！」

「あの男には、こんなことされたことないでしょ。ねぇ。ここも気持ちいいのよ。ここはまだ、処女でしょ。最初からおちんちんは痛いだろうから、指やおもちゃで慣らしていってあげる。鍛えればね、ここと、おまんことに両方おちんちんは入るわよ。気が狂うような気持ちよさよ」

汗ばみ濡れる内股に顔を沈め、丹念に美乃は舐めていた。

そして顔を上げ、由芽の顔を見る。

綺麗だ。やっぱりこの娘は本当に、美しい。

泣いて化粧は崩れているが、それがなおさらに凄惨《せいさん》で儚げな印象を醸しだしている。髪の毛は、汗と涙に塗れた顔に張りついて、痛々しくて、たまらない。怯え、恥じらいながらも頰は桜色に染まり、口元からは涎が一筋垂れてきている。今にも壊れてしまいそうな蜻蛉《かげろう》のような危うさと脆《もろ》さが、由芽の可憐さを増幅させていた。

痛々しい――その痛々しさが、美乃の嗜虐心を高ぶらせた。もっと壊してやりたい、この娘を、もっと壊すと、さらに綺麗になるはずだわ。

由芽ちゃん、今までのあなたも綺麗だった。

でも、今はもっと素敵よ。

「ねぇ、由芽ちゃん、先生のおまんこも見て欲しいの」

美乃が立ち上がり身体を回転させ、仰向けに寝転がる由芽の顔に覆いかぶさりシックスナインの体勢になった。

腰を突き出し由芽の顔の上に花壺を近づけ、さらに股をぐっと開き、二人を囲む男達に自分の尻穴を見せつけるように突き出す。

「松ヶ崎さん、秀建さん、ちょっとごめんなさいね、あとでたっぷりこの娘を可愛がらせてあげる、おまんこにも入れていい。だけど、その前に、私が、一番にこの娘に舐められたいの」

美乃は腰を下ろし、由芽の顔に自分の潤う花壺をさらに近づけた。

「先生の、おまんこ、見て」

由芽は、答えなかった。

「見なさいよ！　いやだっていうの！」

「い、いやじゃないです」

「女の人のおまんこ、じっくり見たことなんて、ないでしょ、ねぇ、先生の、おまんこ、どう？　感想を言って？」

「あ、綺麗、です」

「本当に？　自分のほうが綺麗だって思ってるんじゃない？」

「ほ、本当に、綺麗、です」

「ありがとう、じゃあ、その綺麗な、私のおまんこ、私がさっきしたみたいに、由芽ちゃんのお口で可愛がって」

「で、できない」

「できないなんて、通用すると思ってるの？　もっと、人を呼んでもいいのよ。松ヶ崎さんはね、京都、ううん、日本中の権力ある人と繋がっている。その人達を呼んで、もっといろんな人に由芽ちゃんのおまんこ、お披露目して、ここにいろんなおちんちん、入れてもらおうか？　そして、中に出してもらえばいい。たくさんの人の精液をたっぷりね。妊娠しちゃうかもしれないね。そしてそのまま、石田さんのお嫁さんになりなさい」

「いやっ！　それだけはいやっ！」

「先生はね、いろんな人におまんこ見られたし、入れられたわよ。政治家もいたし、ヤクザもいた。大きな会社の社長さんとか、秀建さんみたいなお坊さんも。世の中にはいろんな職業のいろんな立場の人がいるわ。でもね、一流の人達に共通しているのは、これ、よ。みんなこれが大好きなの。共通の楽しみを共有しながら繋がりを深め、人脈を作っていく場所がここなの。そして私だけじゃない、他にも私みたいな飼われている女は、たくさんいた。そんな女を通じて、政界、経済界、宗教界、全てこの国を動かす人達は、おまんことおちんちんで繋がっているの」

それは本当だった。

この場所で、あるいはどこかのホテルのスィートルームで、パーティ会場で、着飾らせた他の女と共に、美乃は権力と金を持つ様々な男達に抱かれた。

女達の中には今は歌舞伎俳優の妻となった者もいるし、アナウンサーや女優として活躍している顔もあった。

首相経験者の与党の大物政治家にもこの場所で会ったことがある。政治家は松ヶ崎や他の経済界の大物達と政治談議をしながら、柔らかい下半身を美乃にずっと咥えさせていた。

皆、正体は同じだ。

これが好きなのだ、これしかないのだ。

おまんこと、おちんちん。

セックス、まぐわい。

人間の正体はそれだ。

そして権力を持つ人間達というのは普通の人間より欲深い。何事においても欲深い。人間としての業が深いのだ。そういう人種が、アブノーマルと言われる世界を望むのは当然のことだった。

普通のセックスだけでは味わえない、もっともっと極上の快楽を、もっともっと、狂ってしまいそうなほどの悦びを、業の深い人間達が探り求める、底なし沼のような欲望を叶える場所。

その場所が、京都の北の鴨川沿いにある、この一見何の変哲もない一軒の町家だった。場所や主催者は違えど、昔からこういう場所はあったのだと、松ヶ崎は言っていた。欲の深い者達が集い秘密と快楽を共有し、人脈を広げ繋がりそれぞれの仕事に活かしていく。そして彼らが国の政治を、経済を、文化を、宗教を動かしていくのだ。

ここはそういう場所であった。

美乃は、自分自身も相当に欲深い人間だと、京都を離れてから自覚せざるを得なかった。果てしない、底が見えぬ怖いほどの壮大な欲望が、自分の中の深い深い場所にある。だから私は選ばれたのだ。美しくもなく冴えない田舎者の娘の業を見抜いた松ヶ崎によって、ここに連れてこられた。

「舐めて。舐めなさい」

美乃が今度ははっきりと命令口調で言った。

観念したのか、由芽は恐る恐るという感じで舌を伸ばし、美乃の秘園に微かに触れた。

「やり方は、わかるよね。さっき、先生がしたみたいに。自分がされて気持ちいいだろうと思うことを、したらいいだけなの。これからあなたも、わかるだろうけれど、これは、男の人にされるより、女同士のほうが、ずっと気持ちいいから。女が一番気持ちがいいところを知ってるのは、女だから」

男達は由芽の頭のほう、つまりは美乃の尻側からその様子を窺っていた。見せつけるように突き出した美乃の尻の穴を、岩崎が食い入るように凝視している。

男達は、由芽がどういうふうに美乃のその部分を愛するのか、今か今かと待っていた。

美乃の白く吹き出物もない豊かな尻の下の割れ目がぱっくり開いて、その裂け目の淫《みだ》らにはみ出た鶏のとさかのような部分に、由芽が舌を伸ばしている。由芽の息で美乃の繊毛が微かに揺れていた。

ぺろん、ぺろんと舌腹で、たどたどしく舐めている。

「もっと、もっと舐めて。そんなんじゃ駄目よ。じゃあ、今から私がするのと同じようにしてよ」

美乃も由芽の股間に顔を埋めた。

舌を割れ目にこじ入れ、ぴちゃぴちゃと液体を掻き出すように音をたて始めた。

二人の女が、そうして、お互いの股間を舐め、啜る音が広間に響き渡った。

美乃も由芽も身体はしっとり汗ばんでいる。触れあう肌から二人の汗が混じり、下になっている由芽の身体を伝わって流れ落ちていく。

甘い汗の香りと、上下で舐めあう女の花びらから溢れる、腐敗する直前の熟れきった果実の汁のような酸味を帯びた、鼻をつく匂いが混ざりあい、部屋中に漂っていた。

花と花が触れ重なり、絡みあい、蜜を溢れさせ香りを漂わせ音楽を奏でていた。

——それは、まるで、花の祀り華やぎの如《ごと》く——

音《ね》をあげたのは、由芽のほうで、美乃の股間から舌を離し、「あああああっ！　あっ！　あーーっ！」と、大声で喘ぎ始めた。

「やっと大きな声が出たね、気持ちいい？」

「き、気持ちいいっ！」

「もっと、大きな声出していいのよ」

美乃は由芽のクリトリスを含み、引っ張るようにきつく吸った。

「あぁあああああっーーっつ！」

由芽の絶叫がこだました。

「自分だけよがってたら駄目よ、先生のも吸ってっ！」

美乃の大きめの花芯は、もう完全に勃起し、表皮から顔を出していた。

それを、由芽が口に含む。

「思いっきり……吸っていいわよ……慣れてるから」

痛いぐらいの刺激も、今なら大丈夫だ。

かつてこの場所でここだけを、徹底的にいじめられたことがある。

ローションを塗り、ローターを固定され、手足を縛られたまま放置され続けた。股間に縄をくぐらされ、そこを刺激され続けたこともある。クリトリスを摑むような器具を使われ、引っ張られ続けたこともある。

もともと大きかったけど、きっとここで見られて、弄《いじく》られて、もっと大きくなってしまったんだわ。

「ごめんなさい」

誰に対してのごめんなさいなのか、自分でもわからぬままに由芽は美乃のてらてら光る花芯を咥え、吸った。

「んんっ！」

声が出た。けれど由芽にならもっときつく吸われてもいい。痛いぐらいに抜き取るような勢いで、吸われてもいい。

「もっと、強く吸って！　吸いなさい！」

「で、でも」

「いいから！　吸って！」

美乃が声を荒らげた。

観念したのか、由芽は引き抜くような強さで吸った。

「ぎゃあっ！」

思わず、美乃は悲鳴を上げた。

「先生、ごめんなさい」

「あ……謝《あやま》らなくていい……いいの、大丈夫だから、思いっきり吸って……」

由芽がまた吸い上げた。

「あぁあっ!!」

美乃は咆哮《ほうこう》を上げた。

私、今、由芽ちゃんに、クリトリスを吸われている。

あの可愛い顔についてる、ちぃさな愛らしい口で、桃色の唇で。

「ねぇ、先生の、おまんこ、どんな味？」

「あっ、お……美味しい……です」

「嬉しい、あなたのおまんこも、すごく美味しい。ねぇ、もっと、もっと舐めあおうよ」

もう由芽も躊躇《ためら》わなかった。

二人は快楽に身を委ねながら、必死でお互いの秘園を、喉を渇かせた猫がミルクを啜るように舐めあっていた。貪りあう身体から漂う汗と花の蜜の香りが、その部屋を満たしていた。

女達は互いの花びらと、蜜が溢れる花壺を啜りあっていた。

快楽を、女に生まれた特権を、底まで味わおうと――まるで地獄の餓鬼のように。

「もう、そろそろ、いいだろう美乃」

気がつけば松ヶ崎が美乃の後ろに回り、腰に手をあてていた。

「ああ、邪魔しないで」

「そろそろ、待ちくたびれたんや。二人で舐めあうのは、これから思う存分できるやろ、きっと。ここまで用意してやったんや、わしらも楽しませてもらわな」

「ああ、そうね」

美乃は、由芽の身体から離れた。

松ヶ崎は、六年ぶりに会う、美乃の顔を改めて見つめた。

本当に、美しくなった。

今、この瞬間は、特に、だ。

——美乃、お前は、自分の欲望に正直になり、ここに戻ってきたんや。そやから、こんなにお前は、綺麗なんや。そしてこれからもっと、もっと美しくなる——

美乃は眼を潤ませ、焦点の合わない眼で口元は半開きのまま松ヶ崎の顔を見ていた。

「先生、行かないで」

由芽が泣きそうな顔をして、切なげな声で言った。

「あとで、また私達愛しあえるから。時間はまだたっぷりあるから、今はこの人達に身を任せてごらんなさい」

由芽の上には秀建が覆いかぶさってきた。

「お嬢はん、まず、わしが相手させてもらいます。そのあとで、他のもんと交代や。たっぷり可愛がらせてもらうでぇ」

由芽はもう逆らわなかった。とろん、とした眼で眼の前に差し出された秀建の大きな肉棒を見つめる。

「さあ、咥えてもらいまひょか。大きいさかい、たっぷりと唾つけておくんなはれ」

由芽が、秀建の男根の先に唇をつけた。

それを見ながら、胸に嫉妬の炎が渦巻くのを感じて、さらにその感情が美乃を興奮させていた。

「由芽ちゃん、秀建さんに感じさせてもらいなさい。感じて、そして、あとでお仕置きしてあげる……あっ！」

四つんばいになって由芽を眺めていた美乃の後ろから、松ヶ崎の男根がいきなり挿入された。

「あっ！　あんんっ！」

「ああ、久しぶりだ。美乃のおめこ、可愛い、綺麗でひくひくと、襞が絡まってくる一流のおめこや……」

松ヶ崎の腰が動いて、その度に美乃は声を上げた。

――ああ、これ……これ……これがないと生きていけないとまで、私は思っていた……やっぱり、すごくいい……この人のは、違う……私のおまんこが、悦んでいるのがわかる……離れようと思ったのに……一人の女として愛されてはいないから……奥さんのいる人だから……全てを捨てて、東京へ行ったのに……やっぱり、すごくいい――

「美乃、お前はわしが見込んだだけある。お前はこれから、もっともっと、成功する女や……一流になれる女や……」

眼の前では、秀建のものを必死に咥える由芽がいた。

「ああ……もう、駄目……いきそう……」

美乃がそう口にすると、松ヶ崎の腰の動きが早まった。

「ああ……いく……いっ、くぅううううっーーー！」

獣の断末魔のような咆哮を上げ、美乃は久々に快楽の絶頂に達した。

口を半開きにしてその場に倒れこむ美乃の顔に、松ヶ崎は抜き取った男根から発射された白い液体を放出し、なすりつけた。

松ヶ崎の白い汁で顔を穢された美乃は、差し出されたその肉塊を自ら咥え込み、舌を動かし拭い取るように舐め回した。

最後の一滴を搾り取るように吸い、ごくりと飲み込んだ美乃はそのまま崩れるように意識を失ってしまった。


気を失っていたのは数分ほどだったようだ。

眼が覚めると、眼の前で犬のように四つんばいになった由芽が、松ヶ崎の肉棒を咥えながら、後ろから秀建に突かれていた。

他の男達も乳房を揉みしだく者もいれば、横から由芽の背中を舐めている者もいる。

秀建が射精したあとは、岩崎が由芽の身体を仰向けにして、下半身を持ち上げ身体を折り曲げて顔を埋め、狂喜しながら尻の穴にしゃぶりついていた。他の男達も眼を血走らせ自分の順番を待っている。

岩崎が尻の穴を嬲り、今度は違う男が自らの男根で由芽の顔をはたいて笑い転げていた。開かれ晒された由芽の花びらは赤く充血し、ぱっくりと奥まで開いてパクパクと物欲しそうに口を開けていた。

南無阿弥陀仏や、南無阿弥陀仏や、と秀建が唱える声が聞こえた。

これは夢だろうかと美乃は思った。

あの奇跡のように守られ愛され育ってきた純真な娘が、複数の男達に眼の前で犯されている。

ありえないことだ。

これは夢だ、夢に違いない、眼が覚めたら現実に戻るのだ。

眼が覚めたら、東京のいつもの自分の部屋だ。そしてカルチャースクールに行き、白いエプロンをつけて、友達と笑いながら餡を捏ね、「先生、大好き」と呼びかけてくれる天使のような由芽がいるのだ。

これは、夢だわ。

そう呟きながら、美乃は由芽の喘ぎ声を枕に眠りに落ちていった。

どうやって帰ったのか覚えていなかった。

気がつくとホテルのベッドの中にいた。化粧もちゃんと落として、服も着替えている。

時計を見ると朝の五時で、外はまだ暗い。

隣を見ると、由芽がすやすやと安らかに眠っている。

夢、だったのかしら。

いや違う。感触が確かに残っていた。おまんこの中に。

襞が記憶している、久々に入った松ヶ崎のあの感触を。そして、唇には、隣で寝ている由芽の花園の感触も残っている。匂いも、覚えている。

これから、どうしようか。あとのことなど何ら考えていなかった。

由芽が父親に訴えるかもしれない。私の手引きでレイプされた、と。いろんな男達に弄ばれたと。もしそうなったら、自分の将来は終わりだろう。その辺の男ならば松ヶ崎達の力で抑え込むこともできるが、由芽の父親は国内有数の化粧品会社の社長で、彼らに対抗しうる力を持っている。騒がれたらただでは済まないだろう。

大事な、大事な、箱入り娘を、複数の父親以上の年齢の男達に犯されたのだから。

まあ、いい。身体が酷く疲れている、もう一度寝よう。

起きてから、あとのことを考えればいいと思った。

身体の節々が痛い。筋肉痛になるかもしれない。

それでも、心は安らいでいた。

しばらく味わったことのない安心感に満たされ、再び眠りに落ちた。


「おはようございます、先生」

眼が覚めたら、もう由芽は化粧をしている最中だった。

「おはよう、あ、ごめんなさい、寝過ぎちゃったわね、今、何時かしら」

「十時です。いいんですよ、私もさっき起きて顔洗ったところなんです」

スツールに座って口紅を塗る由芽は、いつもと変わらぬ様子だった。

「私もすぐ起きて用意するわ」

「慌てなくていいですよ、先生」

「ううん、せっかく京都まで来たんだからもったいないわ、いつまでも寝てちゃ」

美乃は起きだして顔を洗いに洗面所に向かった。

――覚えていないのかしら。あの娘《こ》こそあれは夢だと思っているのかもしれない……いえ、た。


夢を見たのは私か――

美乃が化粧を終えて、服を着替えると、二人はタクシーを呼んで、伏見《ふしみ》の醍醐寺《だいごじ》に向かった。

醍醐寺は市の中心部より少し外れているせいか、昨日の円山公園ほどは人が多くなかった。境内のあちこちに咲き誇る桜を見て、由芽が歓声を上げる。

「昨日の円山公園や高台寺もいいけれど、ここも素敵！」

「由芽ちゃん、写真撮ってあげる」

由芽を桜の下に立たせて、美乃はカメラを向けた。

はらはらと花びらが落ち、その下に佇む由芽は花の精のようだった。儚げで今にも消えてしまいそうに朧《おぼろ》げで、現実の存在ではないようだ。

ふわりと風にゆれる柔らかい髪が、由芽の頰を覆う。透けるように白く、美しい肌。桜色の頰に艶のある唇。桜の木の下に立つのは、今までと変わらぬ輝きを放つ由芽だった。

やはり昨日のことは夢だったんだ、と、美乃は思うしかなかった。

醍醐寺からまた市内へ。途中で昼食を食べ、それから嵐山《あらしやま》へ行った。

竹林の道を歩き、縁結びの野宮神社《ののみやじんじゃ》へ詣り、嵯峨野《さがの》を散策する。若い女性の喜びそうな和小物の店などを、由芽は珍しそうに見て回り喜んでいた。

二人で京都を歩き、桜に喜び笑いあう。

なんて優しく心安らぐ時間なんだろう。

普段より時の流れがゆったりのような気がする。二人で過ごすこの時間に流れる空気が愛おしかった。

今日が最後の夜だった。明日の午前中には新幹線に乗り東京へ帰る。

そして由芽は式を挙《あ》げ、ニューヨークに行く。

――私は、どうするのだろう――

桜が咲き誇る嵐山を見ながら、美乃は考えていた。

私が一番欲しいものは、いつも、手に入らない。

一番欲しいもの――かつては松ヶ崎の愛情だった。今は傍にいる由芽という存在。私が好きになった人は、私を想ってはくれないし、自分じゃないパートナーがいるのだ。

松ヶ崎には妻がいて、由芽はもうすぐ婚約者と共にニューヨークへ旅立ってしまう。

だからいつも私は寂しいままだ。仕事で成功して人に賞賛されても満たされない。それを贅沢だと言われても、私は寂しいままなのだ。

私が一番欲しいものは、いつも手に入らないものばかりだから。

これから、どうなるのだろう。ずっと寂しいままなのだろうか。今までのように、どの男も自分を満たしてくれはしないであろう。

そう思いながら、桂川《かつらがわ》にかかる渡月橋《とげつきょう》を眺めていた美乃は、

「あっ！」

と、声を上げた。

「どうしたの？　先生？」

「ごめんなさい、つい、声出しちゃった。今ね、ふと閃《ひらめ》いたの。この桜と渡月橋と桂川をモチーフにした菓子を！　ああ、全然違うことを考えていたのに、いきなり浮かんだの」

「先生、本当に京菓子がお好きなんですね」

そのとおりだ。一番欲しいものは手に入らない――確かにそうかもしれないけれど――自分は「松吉」で京菓子に魅せられ、その道を邁進《まいしん》し評価もされ、その世界で認められて生きている――女としては満たされてはいないけれど、だからこそ前に進んでいける自分がいた。

「先生が、羨ましい」

由芽は言った。

「私なんか、何にもない人間で、エスカレーター式で、女子大までパパに言われるがままに行って、このまま結婚して子供を産んで……。人から見たら順風満帆の人生に想われるでしょうし、実際にそうなんだけど、なんだかこれって、生きてるって言えるのかなって、たま

に思ったりもするんです」

「そんなことを、あなたは考えてたの？」

「先生は私のことなんて、実は何もわかってないんだわ。私が先生のこと、昨夜まで何もわかってなかったように」

由芽は無垢な少々のように眼をきらきらと輝かせて、邪気のない微笑みを浮かべて、じっと美乃を見つめた。

「今夜は、行かないんですか」

「え？」

「あの家に」

由芽は、そう言うと、少し恥じらうように眼を伏せた。けれど唇は確かに笑っていた。

美乃はごくりと唾を飲み込み、鞄《かばん》から無言で携帯電話を取り出した。

松ヶ崎の番号を押した。


その夜は、秀建は地方での講演があるということで来られなかった。松ヶ崎も会合があるので遅くなるということだったが、

「空いている人間を何人か寄越すから、楽しんだらええ。京都での最後の夜やからな」

と、電話口で言った。

「信用できる人達にしてくださいね」

「わしが、今までどこの誰やわからん人間をあそこに連れていったことがあるかいな。そうや今日は、若い衆を集めよう。若旦那達に声をかけたら、数人は来るやろ。これからのこの世界を担う信頼できる人間達ばかりや。これを機会につきあい続ければ、きっと美乃の仕事のためにもなる」

食事を終えた二人を初田の車が迎えに来た。あの家に行くと若い六人の男がいた。初対面ではあるが、皆どこかで見たことがある顔ばかりだ。

ドラマ出演などで人気が出た若手の歌舞伎役者、京都案内などの本も出版しているお茶屋の若主人、クラシック音楽家達とユニットを組みCDを発売している三味線奏者など。

彼らはすでにこの場の常連なのだろう。手順はわかっていた。物腰は柔らかく、美乃も抵抗なく彼らを受け入れた。

美乃と由芽は裸になり、彼らの望むがままに絡みあった。

由芽は昨夜の由芽ではなかった。快楽に声を上げ自分から男達を貪《むさぼ》っていた。美乃、以上に。

男の上になり腰を振り、声を上げている。

――先生は、私のことなんて、何にもわかってないわ。私は、先生が思っているような娘じゃ、ないんです――

確かに自分はわかっていなかった。自分の中で理想像を創り上げ、それに彼女を勝手に当てはめていただけだったのかもしれない。そして自分が手に入れることのできなかった幸福を手にした由芽に嫉妬し、結婚すると言われ裏切られたと怒り、汚してやろうとしたのだ。

でもね、由芽ちゃん。

あなたは、私が思っていたあなたじゃなかった。

でも今のあなたのほうが好き。

快楽を貪り、身体が求めるものに素直になっているあなたのほうが、好き。

それに、今のあなたのほうが綺麗。

美乃は男達に突かれながらも、じっと由芽を見てその美しさに酔いしれていた。

松ヶ崎はその夜、結局現れなかった。

初田の車でホテルに戻りシャワーを浴びた。

「あーあ、京都旅行、明日で終わっちゃうのね」

由芽がバスローブを纏いながらベッドに寝転んで言った。

「ごめんね」

「何で謝るの、先生」

「酷いことしたから」

「酷いこと、なの？」

「酷いことでしょ」

「酷いこと、なんだ。確かに石田さんやパパには言えないけど。そりゃあ最初はビックリしたし恥ずかしいし、先生を恨んだけど、途中から気持ちよくて、最高に楽しくなっちゃったから、いいの。なかなか体験できないことだし、いい思い出になったかもしれない」

「あなたのパパや石田さんが知ったら、私を殺しに来るかもね」

「そうですね――でも」

由芽はベッドから起き上がった。

「先生、そっちのベッドに行っていい？」

「うん、いいわよ」

由芽は、するりとバスローブを脱いで全裸になった。

部屋の照明は消してあったので、枕元のライトの明かりだけが由芽の裸身を照らす。

ぷっくりと丸く形のいい乳房。小さな乳首は上を向いて屹立していた。

股間の淡い茂みを由芽は隠そうともしなかった。薄明かりの中に肌の白さと艶やかさと、薄く広がる繊毛が幽鬼のように浮かび上がる。

美乃のベッドに入り、由芽は唇を寄せてきた。

軽く合わせるだけのキスだった。

「パパは、怒るだろうね。石田さんは……信じないんじゃないかな。あの人も先生と同じで、私をすごく理想化してるところがあるから。私って、いつもそうなのね。だから心から信頼できる友達もできにくいの」

美乃は腕を由芽の体に巻きつけるようにして頭を撫で、ぎゅっと抱きしめた。

肌が触れあう。温かく柔らかい肌が。

気持ちがいい。挿入されたり見られたり、舐められたりすることは、もちろん気持ちがいい。けれど、この肌が触れあう心地よさは、それとは別物だ。

離れがたい人肌の温《ぬく》もり。抱きあいキスするなら、男とより女同士のほうがずっといい。

女同士の匂いが混ざりあうと芳しい香りがそこから生まれる。

花と花が融《と》けて混ざりあい、この世のものとは思えない世界で咲き誇る花のように。

由芽を抱きしめながら、美乃は愛おしさと同時に切なさをも覚えていた。自分の腕の中に由芽の温もりを感じることができるのは、今日が最初で最後なのだ。

「先生、話したいことがあるの」

「なあに？」

「先生は、私がずっと処女で、石田さんが初めての男だと思っているでしょ」

「うん……そうじゃないの？」

「男をほとんど知らない、セックスの経験も浅い娘って、思ってるでしょ、でも先生だけじゃない、石田さんも、皆、そう思ってる、そう見えるみたいね。それは確かに間違いではないけれど……」

「そう、ね」

「……先生、私のこと嫌いにならないでね」

それはこっちの台詞《せりふ》だわ、と美乃は言いたかった。

「確かに男は石田さんと、あと、もう一人しか知らなかったわ。初めてつきあった人は彼だし、学生時代、男の人とおつきあいすることはなかったわ。パパが厳しくて、携帯電話ですら持たせてくれたのは大学を卒業してからだもの。門限も決められていたし、外泊もできなかった。でもね、石田さんが初めての男《ひと》じゃないの」

聞くことが少し怖かった。美乃は緊張で少し体を硬くした。

「これは石田さんにも言ってない。言えない……。先生、どうしてパパが、あそこまで厳しかったのか、わからない？　私の初体験は十三歳の時なの。相手は……」

由芽が大きく息を吸い込んだ。

「パパよ」

結局ああいう人達は、どこか歪《ゆが》みみたいなものを持っているのね、言い方を変えると、「狂っている」ということだわ、と由芽は冷静に話した。

由芽の父、国内有数の化粧品会社の社長である春菜建造は、少女にしか興味がないのだという。そして自分は幼い頃から父親の着せ替え人形であり、父親の理想の少女にと、育てられてきたのだ、と。

母親と父親は会社同士の結びつきを強くするための政略結婚で、母は父の性癖を気持ち悪がっているが、保身のために別れる気はなく家庭内別居状態である、と。

父親にとって自分は最高の「趣味」であった。

自分が美しくなり人に賛美されること――それは父親にとっては自分の作品を賞賛されることであったのだ。

そして少女の由芽は成長し、それまでも一緒に風呂に入り、一緒に寝ていた父親にある日犯されたのだ、と。

「でもね、それまでキスしたり身体を触られたりすることは、当たり前にしてたから、いやじゃなかったのよ。パパのこと大好きだったし。ママは冷たかったけれど、パパはすごく可愛がってくれてたから。だけど、これはきっといけないことだとはわかっていたから、誰にも言えなかった」

なぜなら——それを察した母親が、実の娘を嫌悪感いっぱいの眼で見るようになったからだ。

「それでもね、離婚はしないの。ママもおかしいのよね。実の娘が夫に犯されている、そんなことを放っておくなんておかしいよね。けれどママにとっては、私は自分の娘って感覚じゃないのよね。パパのおもちゃ。いつからそうなってしまったのか、初めからそうだったのかわからない。だからママとは今もほとんど口きかないわ。ママもあまり家にはいないし、たぶん他に恋人がいるんだと思うの」

気がつかなかった。由芽は、父親の話はよくするけれど、母親の話はほとんどしなかったことに。

「でも、パパとするのは、くっついて甘えられるのは嬉しかったけど、気持ちいいと思ったことはなかったの。パパはホント、たまにしか入れなかったわ。私にいろんな服を着せたり、寝転がせて身体を弄ったり、舐めたり、写真を撮ったりすることが多かった。それで、自分でしごいて、出したりすることがほとんどだったの。本当に、お人形だったのね。でもね、大学へ入学した時くらいから、パパとそういうことをすることも、なくなった。なぜだかわかる、先生？　パパは、子供の女の子にしか興味がないからよ。私が成長していくと、もういらなくなったの。私は、パパに捨てられたの。いらない娘になったの」

母には軽蔑《けいべつ》され汚いもの扱いをされ、父に見捨てられる寂しさを抱えていたのだ——そう告白しながら、由芽は静かに泣いていた。

「それでも、私はパパの所有物だったから、厳しくはされていたけれど……。ここでやっと、パパ自身も、娘としての私の将来が心配になってきたのかもしれない。だから最初から、石田さんと結婚させるつもりで、彼を頻繁に家に連れてきていたの。石田さん、いい人で、本当にいい人で……。彼なら申し分がないし、私と結婚させて、そうしたら、自分がやってきたことも帳消しになると思ったんじゃないのかなぁ……。彼はホントにいい人だし、私も友達がやってるみたいに、普通に男の人とおつきあいとか、してみたかったし」

美乃は由芽の頰に唇をつけた。涙で塩辛い。

「石田さんに告白され——まんまとパパの策に嵌《はま》った感じではあったけれど——嬉しかったわ。これで自分は、この家から解放される、パパとママから解放されるって。だからプロポーズされてホッとしたの。この家を離れられて他の男の人のものになる。やっとパパの人形を卒業できるんだ、って。パパが私を捨てるんじゃない、私がパパを捨てられるんだって」

でも、と由芽が続ける。

「昼間言ったことは本当です。先生が羨ましい。私、本当に今まではパパの人形として生きてきて、石田さんはいい人で好きだけど、彼はきっと、私が父親にそんなことをされ続けてきた娘だと知ったら、ショックも受けるだろうし、私から離れるわ。だから私はこれから、パパから離れるため、彼の妻となるために、彼の理想の女のままで居続けなければいけない。でもそれって、パパの人形から、石田さんの人形に代わっただけのようにも思うの。ねぇ先生、私には何もないの。先生みたいに、やりたい仕事も、そして心から誰かを欲することも」

先生は、誰かを心から好きになり、命と引き換えにしてでも欲しいと思ったことがありますか、と由芽は聞いてきた。

「あるわ」

と、美乃は答えた。

松ヶ崎の顔が浮かんだ。死ぬほど、好きだった。

命がけで愛していた時期があった。若さも時間も未来をも捧げていた。

あの頃は松ヶ崎が自分の全てだったのだ。

だから離れたのだ。望んでも愛されないから、一緒にはなれないから。

「私は、それもない。石田さんのことは好きだけど——でも、よくわからない。けれど彼は私のことを愛してくれている、それだけは確かなんです。だから彼を信じてついていこうと思うんです」

由芽のほうから、美乃の唇に自分の唇を押しつけた。そして舌を入れた。舌を絡ませると、ぴちゃぴちゃという音が聞こえた。

「先生、これ、最後だから。先生、好き」

美乃も、バスローブを脱いだ。裸になり、由芽の張りのある丸い乳房を触る。触りながら、何度も何度も何度もキスをした。

「昨日みたいに、舐めてください」

由芽は足を広げ、自分の指で花弁を広げた。

「先生、私のおまんこ舐めてください。これが最後だから、私、石田さんのお嫁さんになってニューヨークに行くから」

美乃は昼間に見た、あの醍醐寺の桜のように華やかで、可憐な花弁を持つ由芽の秘園に、その蜜を存分に味わおうと舌を伸ばした。

翌朝は何事もなかったかのように、新幹線に乗り東京へ帰った。

京都駅に向かう前に、ホテルから歩いて平安神宮《へいあんじんぐう》がある岡崎《おかざき》の琵琶湖疎水《びわこそすい》沿いの桜を見に行った。

風に舞う桜の花びらが、疎水に落ち流されていた。水面に浮かび流れにまかせ、桜花はゆるやかに流されていった。

四　華火菓《はなびのみ》

「東京で一泊するから、会わへんか。夜はパーティやけど、それまで二時間ほど空いとるから、お茶だけでも飲まへんか」

松ヶ崎からメールがあったのは、アスファルトの熱が照り返す七月の半ばだった。東京の夏の暑さと京都の夏の暑さは違う――いつまでたっても、東京の夏の暑さは好きになれなかった。

たまたま松ヶ崎が泊まるホテルの近くの店がクライアントで、夜に食事を兼ねた打ち合わせがあった。ちょうどいいわ、と美乃は承諾した。会うのはあの桜の季節以来だ。

ホテルのロビーで待ち合わせた。夜はそこで政治家のパーティがあるらしい。

珍しく半袖のシャツのラフな格好の松ヶ崎が、別人のように見えた。

ここじゃなんだから、と、松ヶ崎はホテルの近くの喫茶店へ美乃を誘った。

「あのお嬢ちゃんは、どうしたんや？」

松ヶ崎が運ばれてきた珈琲を一口飲んで、切り出した。

「この前、無事に結婚式を挙げたわ。式はオーストラリアで、二人きりで挙げたの。披露宴はつい一週間ほど前かな、都内のホテルでね、盛大な披露宴だったわ。お色直しは三回。父親の会社のPRに出ている女優とかも来てたし、私なんか、もう霞《かす》んじゃって隅っこのほうで小さくなっておとなしくしてたわ」

「ニューヨークへ行くとか、言うてたな」

「そう、その準備があるから、新婚旅行はあと回しみたい」

「そうか」

それだけ言うと松ヶ崎は残りの珈琲を飲み干し、表情を崩した。

「それより、新作の菓子見たで。花火をモチーフにしたやつや」

「ああ、『華火菓』ね。見てくださったのね、ありがとうございます」

「買《こ》うて帰ろうと思ってるんや。あれは、ええな。ずいぶん人気らしいやないか」

「この夏にハリウッド映画に出演した元モデルの女優いるでしょ、彼女がブログで紹介したらしいのよね。それから注文が殺到してるって聞いたわ。まあ、運がよかったんですよ」

「それがあなたの力なんや。運だけやない。人を惹きつけて離さないもんを作るのは、あなたの才能や」

初めて「あなた」と、呼ばれた。

意識してだろうか、それとも無意識だろうか。

「また京都の業界の連中とも組めばいい。やはり力があるし、あなたの仕事にもハクがつく。そのためやったら何でも相談してくれたらええ。利用できるもんは利用するべきや。意地なんて張らずに」

「ありがとうございます。いつか、お言葉に甘えると思います――私がここまで来れたのは、あなたのおかげだから感謝しています」

それは本音だった。

恨んだこともあったし、憎んだこともあった。いや、今でも、そういった想いは消えていないけれど、間違いなく自分の人生にとって、大きな力を与えてくれた人だった。

「あなたが、何を望んでいるかも知っていたつもりや。自分なりに、あなたを大切に想っていた。あなたの望むものは、与えてやれんかったんやろうけれど」

老いたと思った。そんなことを言う人ではなかった。自分の弱みを、負けを認めるようなことを言う人では。

美乃の耳には弁解のように聞こえた。

そんなことを言う人になって欲しくはなかった、いつも張り詰め研ぎ澄まされた刃《やいば》のような人だったのに。

妻のこともあるのだろうか。

松ヶ崎から誘いが来た数日前に、美乃は取引先の店の主人から、松ヶ崎の妻が体調を崩しているると聞いていた。そのせいで松ヶ崎が外出を控えているらしいので、今回の東京行きも本当は断りたかったのだが、父の代からのつきあいがある政治家達の誘いで、止むを得ずの上京なのだろう、と。

「なんやかんや言うても、あそこの家族は仲がよろしい言うて評判どっさかいなぁ。若い頃べっぴんで評判の舞妓はんしてはった奥さんに、松ヶ崎はんは惚れ込んで惚れ込んで、頭下げはってぎょうさん結納金払わはって結婚しはったさかいなぁ。そら偉い人やから、遊びもしてはりまっしゃろうけど、やっぱり奥さんが大事なんやろうなぁ」

何も事情を知らぬ取引先の主人が世間話のついでに美乃にそう言った。

やはり松ヶ崎にとって妻は一番大事な存在なのだ、自分などとは最初から最後まで同じ土俵に上がることなどありえない、絶対に敵わない存在なのだと思い知ると胸が痛んだ。

セックスをしないのに、確かな絆《きずな》があるということが、羨ましくも嫉《ねた》ましくもあった。

「また、京都に来たらええ」

「ええ、行かせていただくわ」

「うちの店にも来たらええし、うちの跡取りがな、今高校生やけど水泳ばっかりしとって、修業に身が入らんで手を焼いてるんやわ。一度会って、この世界のよさを話してやって欲しいんや」

「私なんかが……」

「あなたほど最適な人はおらんやろ。あなたの本もあの子は持ってるようやし、会ってみたいって言うとったわ。京菓子のおもしろさをあなたほどわかってて、人に伝えようと一生懸命になってる人はおらんやろ」

一生懸命なつもりはない。ただ自分にはそれしかないという気持ちで今までやってきただけだ――そう、言いたかった。

「そろそろ時間や、行かなあかんわ」

松ヶ崎がそう言った。

眼じりの皺が増えた。やはり確実にこの人も年をとっているのだと思った。

松ヶ崎が席を立ち、美乃はそのままソファーに腰を沈めていた。

ふいに由芽のことを考えた。遠い国へと旅立ってしまう由芽のことを、人の妻となった由芽のことを。

先生、大好き――その言葉と笑顔に癒《いや》され続けた日々のことを。

さようなら、と美乃は口に出さずに呟いた。

幸せになってね、由芽。

愛してるから。

美乃の瞳から、一筋の涙が溢れた。

五　散華《さんげ》

眼の前には、屹立した肉棒があった。

太さは人並みだが良く反《そ》り返っていて、引き締まり割れた若い腹に今にも届きそうな勢いだった。

肉棒の勢いに反比例して、男は今自分が置かれている状況を受け入れられぬのか、怯えているのか、敢《あ》えて周りを見ないように眼を瞑り、歯を食いしばり、羞恥と快感に必死に耐えていた。

「すっごく立派で、素敵なおちんちんね。これ、奥まで届いてずんずん突いたら女の人、大悦びするわよ」

美乃は眼を爛々《らんらん》と輝かせながら反り返る長い肉棒を摑み、指でその先の割れ目を弄んでいた。

「あら、透明なお汁が出てきた」

そう言って先端に口をつけ、舌で掬い取るように先走りの液体を亀頭《きとう》部分を口に含んだまま舐め取った。

男――幼さを残す顔立ちの少年が、顎を上に上げて仰け反った。

「しょっぱぁい」

軽く口をつけられただけで身体を震わせた少年は、眼を瞑り必死で声を出すまいと堪《こら》え続けている。

「ちゃんと、眼を開いて見てよ、自分のおちんちんを美味しそうに舐めている女の顔は、ちゃんと見ておかないと駄目よ。一生懸命舐めてあげるから、見てね。おちんちんを舐めている顔を見られるのは女も恥ずかしいのよ。でもね、覚えておいてね、恥ずかしいことって、すごく感じるの」

美乃は今度は先端だけではなく少年の肉棒を呑み込むように奥まで咥えた。口の中をたっぷり唾液で湿らせて一気に咥え込み、スクリューするように舌を巻きつけ、上下に数回動かす。

「んんっ！　あぁっ！　あぁっ！」

ついに少年は我慢できなくなったのか声を上げた。

「ねぇ、気持ちいい？」

ここで出されてしまってはいけない、ほどほどにしなきゃ――だって、もうパンパンに破裂しそうなんだもん。出されたら終わってしまう――力を加減して軽く出したり入れたりすることを数度繰り返して、美乃は口を離して聞いた。

「き、気持ちいいです……」

ようやく少年は諦めたのか、閉じていた眼を開けて美乃の問いに答えた。色は白く肌は吹きでものもなく艶やかだ。睫《まつげ》が長く大きな瞳が潤いを帯びていて、美乃は一瞬、少女を弄っているかのような錯覚すら覚えた。

「んふっ可愛い。でも、まだ出しちゃ駄目よ。もったいないから。出すなら、おまんこの中で出してね。どぴゅって、たくさん出してね」

美乃は再び少年の亀頭に柔らかな唇を触れさせると、今度は舌を伸ばし肉棒を包み込むように舐め回した。カリの内側を舌の先端を尖らせて、なぞるように動かす。

「あっ、あーーっ！　うっ！　あーーっ！　止めてっ！　お願いだからっ！　止めてくださいっ！」

「いやよ、こんなに大きくなっているのに、止めないわよ。あなただって悦んでるじゃない。ほら、いっぱいしょっぱいお汁が出てきたわ。おまんこに入れたい入りたいよぉって、泣いて涙流してるわ、あなたのおちんちんが」

膝をついて少年の男根を舐め回す美乃の乳房を、後ろから摑む白く細い指があった。

「先生がいやらしいことをしているの見たら、私も興奮してきちゃった。ねぇ、お手伝いさせて……」

「あら、交替ね。今度は由芽ちゃんがこの大きなおちんちんを舐めてくれるのね」

美乃はちゅぱっと音をたて一度強めに吸ったあと、少年から離れた。

乳房を触っていた女——由芽が交替して口を大きく開けて、すでに美乃の唾液で濡れている少年の肉棒をわざと音をたてて咥え込む。

「ああん、大きい。さすがに若くて元気がいいわ、まだ高校生だもんね。いやぁん、ぴくんぴくんしてる」

由芽はいきなりそれを喉の奥まで入れて、じゅっぽじゅっぽと卑猥な音をたてて唇を摩擦させた。

少年はさきほどより強い刺激に、全身を震わせ喘ぐ。

少年の手は後ろ手で縛られており、抵抗できなくされていた。天井の梁《はり》から吊るされた麻縄に繫がれていて逃げることもできない。女達にされるがままだった。

水泳で鍛えたがっしりした筋肉質の身体に、幼くあどけない顔がアンバランスで、その顔が羞恥と快感に必死に耐えようとしている様が、女達の嗜虐心をいっそうに燃え立たせた。

美乃は少年の背後に回り引き締まった尻の肉を手でこじあけた。

「きゅって、引き締まった、いいお尻と、いい穴をしてるわね。水泳でここも鍛えられたのかしら」

由芽に肉棒を舐められ、その快感に反応して、ぴくんぴくんと締まる穴に美乃は長い舌を伸ばした。

美乃の舌先は先ほど少年の亀頭を舐め回したように、ゆっくりと下から上に舐め上げる。時には舌先で、その穴を刺激するようにつんつんと先端をつつく。

前と後ろから、ちゅぽちゅぽ、ぴちゃぴちゃと音がして部屋に響き渡る。二人の女が、少年の前後を、卑猥な音をたてて、その柔らかい唇と舌で愛撫していた。

さらに美乃は片手を伸ばし少年の玉袋を包み込み、まるで処女の乳房に触れるように優しく揉みしだき始めた。

少年は、「あっ、あっんっ！」と、まるで少女のように喘ぎ声を上げていた。

肉棒、尻の穴、玉袋――女を知らない少年が、いきなりこの三ヶ所を女達に攻められるのだから、もう快楽を抑えることは不可能だった。少年は額から汗をだらだら垂らしながら、身体中を赤くして悶えていた。

「もうっ！　出そうっ！」

少年が朱を注いだ顔を引きつらせている。美乃は微笑みながら、「駄目ぇ」と甘えた声を出して細くしなやかで白い指を、唾液に濡れた少年の尻穴ににゅるっと挿入した。

「痛いっ！」

叫び声とともに、菊の花に似た蕾が美乃の指を締めつける。

「んふっ。まだ出しちゃ駄目だって言ってるでしょ、御仕置よ。こんなところに指を突っ込まれるのも初めてよね。また次は、ゆっくりほぐしていじめてあげるわ。慣れてきたらここも気持ちよくなるわよ」

美乃は、にやりと笑いながら指を抜いた。

「ええ、光景やなぁ」

胡坐《あぐら》をかいてそれを見守る秀建が呟いた。

「筆下ろしがこんなべっぴんさん二人がかりやなんて、羨ましい限りですわ。ええお父はん持ちなはって感謝せなあきませんなぁ」

「普段、母親べったりのおとなしい子で、学校では水泳ばっかしよるさかい、身体は立派なんやがいつまでも子供っぽいさかい、いい加減に大人になってこの世界を知ってもらわなな」

秀建の隣には着物をきちんと着て正座し、相好を崩す松ヶ崎の姿があった。

「ここ一年ほど、あれの母親が寝込むことが多くなりましてな――まあ、正直言ってもう長くはないやろう。そのおかげで以前ほど息子にべったりとできなくなったんで、これ幸いと私もここにこうして連れてこられましたんや。あれの母親――まあ私の妻ですが、身を飾ることや稽古事《けいこごと》には興味がありますが、お恥ずかしながら色艶《いろつや》のない女でして、子供ができてから私に指を一本も触れさせません。こういう遊びのこともいやそうに言いよりまして、止めはしいひんけど、息子は巻き込まんといてくれと言い続けとったんどすわ――なんや、正直言うておもしろみのない、つまらん女ですわ。花街に育っとるくせに、口を開けば子供を一流大学に入れたいだの留学させたいだの、しょうもないことばかり言いよります。せやけど息子ももう十八歳にもなりますよって、跡取りとしても男としても、修業をさせなあきまへん。遅いぐらいですわ。あれの母親がこのまま死んだら、この子を心置きなくわしの元で教育できますさかいに、待っとるんどすわ。まあ、もうだいぶ弱っとるみたいやさかい、もうそろそろやないかと思っとります――楽しみおすわ」

松ヶ崎は上機嫌でそう言った。

隣に座る秀建はぐっと握りこぶしに力を入れた。

――この男は鬼か、悪魔か。

二十年以上も連れ添った妻の死を楽しみにしていると――息子をこの世界に引き込み、快楽を教えたいがために、病気で寝込む妻の死を楽しみにしていると、何気なくごくごく自然にこの男は、今、口に出したではないか、恐ろしい男だ。

いや、そんなことはいまさら驚くことではないと、秀建は一瞬背筋を走った冷たい氷のような感触を払《はら》いのけるかのように首を振った。

松ヶ崎という男は鬼でも悪魔でもない。ただ、この、性という人間に至福を与える快楽の殉教者《じゆんきようしや》であり、それのみを絶対的に妄信し崇拝している男なのだ——己と、そして己の庇護《ひご》する者へ性の快楽を与えるためならば、妻の死を願うことも女達から「平凡な幸福」を奪うことも、何事も厭いはしない——ただ、それだけなのだ。

性の快楽——それのみがこの男の信じるものであり、全てなのだ。

秀建は実のところ、哲学としての仏教は体得しているつもりであったが、仏を信じてはいない。

南無阿弥陀仏——と唱えるのは癖のようなものだ。仏に縋《すが》るのではなく祈るのでもなく、ただ己という存在に与えられる快楽を享受する時の口癖に過ぎない。

神も仏も信じていない。自分が信じて求め続けているものは、女の足の付け根にある芳香を放ち甘露をもたらす、赤くぬめぬめと蠢くあの部分だ。

死ぬまでにどれだけの女の股座《またぐら》を嗅いで、尿を飲めるのか——そのために自分は生きているのだ。

　そやからわしは、この松ヶ崎という男に、恐れを感じながらも惹かれずにいられないんや。この男――性の快楽の殉教者であり、崇拝者であり、日本を動かす者達を性という繋がりを以って集わせている男――知りあって十五年ほどになるが、自分が知り得ない恐ろしい顔をいくつもまだ隠し持っているかのような得体の知れない男――京菓子老舗「松吉」十五代目主人の松ヶ崎という男から離れられないのだ。

　わしもそうありたいと願う。

　松ヶ崎のようでありたいと。性の快楽の殉教者であり、崇拝者でありたいと。この男には敵わぬかもしれないけれど。

　わしは女の股座を嗅ぐ時が、自分は一番「生きている」ことを実感できるし、そのために生き続けたいと強く願う――。

　秀建は、自分の息子が羞恥と快楽に喘ぐのを、満足げに眺めている松ヶ崎の表情を見て、ごくりと唾を飲み込んだ。

　男達の前では、相変わらず美乃が少年の尻の穴を、由芽が肉棒を啜っていた。

「ああ……もう止めて……出ちゃいそうなんです…もう…」

　少年がそう言うと、由芽はじゅぽんっと、音をたてて唇を離した。

「まだ出しちゃ駄目よぉ」

由芽は挑発するような眼で少年をじっと見据えた。

「ねぇ、入れたい？　京菓子研究家の桂木美乃のおまんこに入れたい？　あなたのお父さんが何回も入れてた、このおまんこに入れたい？」

美乃は少年の背後からそう問いかけた。

少年は歯を食いしばって何も答えない。

美乃は前に回り、少年の顎に手をかけて自分のほうを向かせて、眼を逸らすその顔をじっくり見た。

松ヶ崎の面影を残しながら、顔の輪郭そして小作りな眼鼻立ちと色の白さは、母から受け継いだものだろう。十八歳の高校生と聞いていたが年より幼く見えた。水泳で鍛えたそのがっしりした身体と愛らしい顔立ちと、怯え戸惑う表情とのアンバランスさがおかしかった。

松ヶ崎によると、一人息子で幼い頃より母親に溺愛されて、性的にも精神的にも未熟な上に、厳格な男子校育ちでスポーツと進学塾通いで忙しく、おそらく女性経験は未だに皆無だろうとのことだった。

「いわゆるマザコン、いうことやな。情けない話やわ。せやからこのままやったら、あかんのや」

松ヶ崎は自分の息子の筆下ろしを美乃に頼む折に、そう告げた。

マザー・コンプレックス——その、彼の「母」は、今まで美乃が嫉妬し、憎んでやまなかった松ヶ崎の妻だ。筆下ろしの依頼をされた時に、一瞬戸惑いもしたが、松ヶ崎の息子を自分が男にすることは、彼の妻が何よりも大事にしているものを奪えるということである——美乃は残酷なこの企てに驚喜し、その依頼を引き受けたのだった。

松ヶ崎の妻が死ぬ前に、その女が一番大切にしているものを奪って自分のものにしたかった。死んでから奪ったのでは意味がない。

あの女が見下し同じ人間として見ていないであろう自分が、大事に大事にと離さなかった息子を心身共に手に入れ、それを見せつけて、憎い女——松ヶ崎の妻に絶望を味わわせてやろうと思った。

ほぅら、見てごらんなさい、と。

あなたの可愛い可愛い息子は、私の下で喘ぎ勃起し、私に身体を弄ばれ快楽に悶え狂っているのよと、伝えてやりたかった。

死ぬ前に死ぬほどの絶望を味わわせてやりたかった。そして、そのまま死んで欲しかった。

松ヶ崎の妻の肉体が死ぬ前に、心を殺してやろうと思ったのだ。

もちろん、美乃のそういう本心を、松ヶ崎は百も承知でこの話を持ちかけてきたのだということもわかっていた。

あの男ならばそれぐらいするだろう。私の彼の妻に対する積年の憎悪と嫉妬心を利用して、自分の息子を「男」にすること――松ヶ崎にとってはそれも倒錯的な性の快楽であるのだ。

美乃は少年の唇に自分の唇を寄せた。舌を出して唇をこじあけ口の中を掻き回す。

「キスは大事よ。女の人とする時にはね、自分のほうから必ずキスしてあげてね。たくさんしてあげてね」

それを見ていた由芽が、母を乞《こ》う子犬のような顔をして美乃に顔を近づけた。

「やだぁ、先生、由芽ともしてぇ。この子とばかりしてたら、悔しい」

由芽が美乃に口づけた。

眼の前にいる少年に見せつけるように、繰り返し二人は唇を合わせぴちゃぴちゃと絡ませた舌の音を奏でる。何度も見つめあいながら唇を合わす。汗ばんだ身体を絡ませ手を繋ぎながら、二人の女はお互いの唇を果てぬほどに貪りあっていた。

少年は眼の前の女達を見て、少し怯えたような表情をしていた。

無理もない。

初体験がこの状況――二人の淫らな女に童貞を奪われる形で、しかもそれを父親や複数の男達に鑑賞されながらということは、彼にとって思いもよらぬことであろう。

見るからに純情そうな子だ。セックスどころかキスも初めての経験に違いない。

だけど彼はこれからこの世界の人間になる。

父の跡を継ぎ、老舗一流京菓子屋「松吉」の十六代目の主人となるのだから。

京都を、いや、この京都を中心とした日本という国を動かす者達が集う、あの場所の一員とならねばならぬのだから。

「仲間外れにしてごめんなさいね。あなたも楽しまなきゃね」

美乃は膝を落とし少年の股間に擦り寄り、弾力のある大きな乳房で少年の肉棒を挟んだ。

「大きなおっぱいだとね、こんなこともできるの」

餅のように白く柔らかい乳房にくるまれた先端からは、透明な粘液が溢れ出ている。

「ああん、いいなぁ、先生のおっぱい、大きくて素敵」

由芽は身を乗り出すようにして、美乃の乳房に挟まれた少年の鈴口から溢れ出る粘液を拭い取ろうと、先端を舌で刺激し始めた。

美乃は自分の乳房を手で上下に動かした。そのリズムに合わせるように由芽も懸命に舌を伸ばす。思いも寄らぬ刺激に少年は、泣きそうな顔で喘いでいた。

「いろんなことを教えてあげるからね。今日は初めてだから、手加減してあげてるのよ」

美乃の胸に挟まれている少年の肉棒が熱を帯び、膨張しているのがわかった。もう限界に近づいているのだろうか。

「じゃあ、そろそろ入れる準備しようか。入れる前に舐めて欲しいの。私のおまんこを」

少年の後ろ手に巻きつけられた麻縄も外された。

女達は少年の眼の前に、横に並び仰向けに寝転がり股を開いた。

少年は、仰向けに寝転がる二人の裸の女を前にしてどうしたらいいのかわからず、縄を解かれたまま立ちすくんでいる。

「ああ、わからないのね。じゃあ、お手本を見せてあげるから、あとでそのとおりにしてね。由芽、私のおまんこ舐めなさい」

美乃がそう言うと、まるで餌を眼の前に提供された飢えた子犬のように、由芽は悦びに満ちた表情を浮かべ起き上がると、仰向けになっている美乃の股間に顔を寄せた。

「先生の大きいクリトリス、好き。大好き」

由芽は舌を伸ばしクリトリスと表皮との境目のあたりを、ちょろちょろ舌を動かし舐め回す。

美乃はそんな由芽が愛おしくてたまらなくて、眼を細め手を伸ばして、慈しむように彼女の頭を撫でた。

去年、結婚をしてニューヨークに行った際にばっさりと髪を切ったそうだが、ふんわりと丸みを帯びたショートカットもよく似合っていた。愛らしい顔立ちと雰囲気は相変わらずだが、髪が短くなり服装も以前よりシックで、大人っぽさと同時に色気も身につけたと、数日前久々に会った時に思った。

そしてそれは、やはり人の妻らしくなったということなのだと寂しくも思えた。

帰国しているからと由芽から連絡を受け、一年ぶりに東京で会った。そして由芽は京都に行くなら一緒に連れてってくれと言い出したのだ。どうして今回の京都行きのことを知っているのかというと、いつの間にか秀建とはメールでやりとりをしていて、聞いたのだという。

結婚して人の妻となり平和に暮らす由芽を巻き込みたくはなかったけれど、どうしても行きたいと懇願《こんがん》されたのだ。

今回のこと――美乃が松ヶ崎の息子の「筆下ろし」をすることも由芽は知っていた。自分も一緒にそこにいたいと頼まれ、断れなかった。

あの時もう由芽への想いは断ち切ったはずなのに。ニューヨークへ移り、平凡ながら幸福な人生を送ってくれと、願って見送ったはずなのに、どうしても由芽の願いを拒めなかった。

由芽はクリトリスを舐め続けながら、人差し指と中指を美乃の裂け目の中に入れて、襞の上の部分――いわゆる、Gスポットといわれる場所を執拗に突いていた。

やはりこうされるのは男より女のほうがいい。男は加減を知らず激しくすればいいと思い込んでいる傾向がある。

女はその辺ちゃんとわかっている。ずっと激しくするのではなく抑揚をつけて、あくまで労《いたわ》るようにさするように突くのが気持ちいいのだと。そして時に、思い出したように強く突くのだと、それが感じるのだと知っている。

「あぁっ！　んっ！　いいっ！　すごく気持ちいいのっ！　そこ、すごくいいのっ！」

「先生、由芽の指、気持ちいい？　由芽におまんこ弄《いじく》られ幸せ？」

「うんっ！　すごくいいのっ！　幸せよ！　由芽に、クリトリス舐められて、おまんこに指入れられて、死にそうなぐらい幸せよ」

自分の股間から、どくどく白い粘液が垂れて由芽の指に纏わりついていくのがわかった。汗と、自分の愛液の甘く酸《す》い匂いが部屋に漂っているのがわかる。

いきそう、だ。でも、まだいってはいけない。今日はそれが目的じゃないのだから。

「ああ、もう、そろそろいいわ……。いっちゃいそうだから……ねぇ、見てたでしょ、こういうふうに、おまんこを舐めて、弄《いじ》ってみて」

美乃はゆっくりと身体を起こし、口から垂れる涎を拭おうともせず、泣きそうな表情を浮かべ呆然と佇む少年を手招きした。

ゾッとするほどに妖艶《ようえん》な美乃の姿に、その場にいる者達は、圧倒され息を呑んだ。

長い髪は乱れ汗で顔と身体に張りついている。切れ長で睫の長い眼は虚ろながらも、無限の欲を感じさせる黒い輝きの焔《ほのお》が燃えていた。涎を口の端から垂らし半開きになった唇は、秘園そのものを連想させるように、赤くぬめりを帯びている。大きな乳房はいっそう張りと艶を持ち、息をする度に揺れ動いている。乳首は勃起し濃い桃色に充血している。

その場にいた、松ヶ崎以外の男達は、凄惨な美乃の姿に呑まれていた。

秀建は思った——あの、初めてここに連れてこられた時、垢抜けぬもっさりとした、まだ少女の面影を残していた美乃が、松ヶ崎という男に身も心も委ね十年が経ち、男達を意のままに操れるであろうほどの、逆らいがたい魔力のような色艶を身につけている。

女は、怖い生きもんやぁ、性の快楽を享受し、委ねると、ここまで変わるもんなんやなぁ——秀建だけでなく、その場に居る男達が、美乃から漂う魔を帯びた空気に囚われ、怯えを感じながらも、股間を熱くさせ疼かせていた。

松ヶ崎はんは怖い男や——けど、このお嬢はんも負けてへんかもしれんなぁ——秀建の胸が期待で高鳴った。

少年も何かにとりつかれたように、膝を沈め美乃の股間に顔を近づける。

「ここが、クリトリス……一番気持ちのいいところ……すごく敏感なところだから、強く触ったり舐めたりしたら駄目よ。その下にあるのがおちんちんを入れる穴。もうぱっくり開いてるのが、わかるでしょ？　由芽ちゃんが可愛がってくれてたからね。その穴を囲っているビラビラしたのが小陰唇。ここもたまに吸ってあげたり舐めたりしてあげると、悦ばれるわよ。でも、絶対に歯を立てないでね。女の人が男のおちんちんを舐めるのと一緒の要領だと思えばいいわ。さあ、美乃のおまんこ舐めて」

少年が舌を伸ばし、恐る恐る下から上へ裂け目をなぞるように動かし始めた。たどたどしい動きだが、その初心《うぶ》さが新鮮で欲情をそそる。ぎこちないながらも、必死に舐めていた。

憂《うれ》いを帯びた大きな少年の瞳が、上眼遣いで自分を慕うように見つめる顔つきは愛らしかった。

「いいわ……気持ちいい……私のおまんこが悦んでるのがわかるでしょ、そこの穴に指入れてみて……」

少年の節くれだった太い指が入り込んできた。

顔は母親似だがこの指は確かに松ヶ崎と同じだ。

あの、和菓子を捏ね、形づくる、繊細な動きをするあの指だ。

指が入ってきた瞬間思わず、ぎゅっとその部分に力が入り、少年の指を締めつけた。

「すごい……締めつけてる……」

「あ……ん…ここにね、あなたのおちんちんが入るのよ、そろそろ入れようか……」

少年は顔を上げ、眉間《みけん》に皺を寄せ、縋るような表情を浮かべていた。

「……ちゃんとできるかどうか、わからない」

「最初は、誰だって自信がないわよ。今日はね、私が上になってあげる。あなたはそこで横になってただ、そのまま味わっていたらいい。私のおまんこを、おちんちんで味わってちょうだい」

少年を仰向けに寝かすと、美乃は立ち上がり、自分の股間に触れて確かめた。大丈夫、十分濡れている。

美乃は腰を落とし少年の肉棒に手を添えて、そのまま潤いが溢れている花壺の中に、ゆっくりと、ゆっくりと味わいながら入れていった。蜜を絡ませながら、襞の中にねじ込むように奥に進ませる。

「あん……あなたの、全部、入った……奥まで入ってる……気持ちいいよぉ……」

「あっ……」

「ねぇ、どんな感じ？　初めて、おまんこにずっぽりおちんちん入って、どんな感じ？」

「すごい……すごぃよぉ…」

「もっと、気持ちよくしてあげる」

美乃は跨ったまま腰を上下に動かした。動かす度に少年が喘ぎ声を上げる。

「あぁっ！　あぁっ！」

両手を伸ばし少年の乳首にそっと触れてみた。小さいながらも屹立しているようだ。親指と人差し指で軽く摘んでみると、

「ああんっ！　ああんっ！　いやっ！」

ひときわ甲高い声を出して、少年の腰が浮いた。

「乳首も感じるみたいね。楽しみだわ。女の子みたいな声出して、可愛い」

もっといたぶりたい衝動に駆られてはいたが、これ以上激しくしてはいけない。早々に出てしまう。若いし初めてなのだから、手加減しないと。

「ああっ！　出ちゃいそうっ！」

「まだ駄目よっ！」

腰の動きをいったん止め乳首からも手を離す。まだ出させてはいけない——たくさん、楽しまないと。

美乃は、自分達の姿を酒の肴《さかな》にしている男達、その中で一人正座して眺めている松ヶ崎のほうを見た。

ちょうど十年前、まさか自分の処女を奪った男の息子の初めての女になるなんて、思いもよらなかった。

しかもこの同じ場所で。

美乃は松ヶ崎に見せつけるように再び腰を動かし始めた。

──見て──あなたの息子のおちんちんと、私のおまんこが繋がってるところを──

視線を意識しながら、美乃は尻を振った。

「ずるいわ。私も先生としたいのに。あなたばっかり楽しまないで」

由芽が眼に涙をいっぱいに溜めて、擦り寄ってきた。

近づき手を伸ばし、少年に跨る美乃の身体を横から抱きしめようとする。

少年に本気で嫉妬している、そんな由芽が愛おしい。

「あとで、由芽のことも、たっぷり可愛がってあげるから」

「あとでなんて、いやぁ」

そう言った瞬間、由芽の大きな瞳から堪えきれず涙がぽろぽろと溢れ出した。

由芽は移動し少年の顔に跨り、そのまま腰を沈め自分の股間を押しつける。

「私のおまんこも舐めて気持ちよくしなさい。自分だけが気持ちよくなってちゃ駄目なのよ」

由芽は少年にそう命令した。

それは激しい嫉妬以外の何物でもなかった。美乃と繋がっている少年への嫉妬。

「ほら、ちゃんと舌を動かしてよ、そこだけじゃなくて、お尻の穴まで舐めてよ」

ほつれた髪が頬にかかり、上気した頬は桜色に染まっていた。唇を半開きにして少年の顔の上に濡れた花びらを押しつけ腰を動かす。

「先生、私、ニューヨークにはもう戻らないから」

「え？」

「戻らない。あそこにいても、石田さんと一緒にいても私は幸せじゃないの」

二人の女は、少年の上で見つめあっていた。

美乃は少年の下半身に跨ったまま、由芽は少年の顔面に跨ったままでそっと顔を近づける。

「先生の傍にずっといる。そうしたいの」

由芽は唇を近づけてきた。

唇を合わせると、美乃の口の中に由芽の涙の味が流れ込んできた。

「好き、先生、愛している！」

叫びながら由芽は花びらを少年の顔にいっそう激しくなすりつける。

そのまま手を伸ばし、美乃を正面から抱きしめるような形になった。

少年は顔を由芽に塞がれて、くぐもった喘ぎ声を発していた。

「私も、好き！　由芽が好き！」

美乃は由芽と唇を何度も合わせて、なおいっそう腰を上下に激しく動かした。

「あっ！　いきそうっ！」

「うっ！　うっ！　もぉ、駄目っ！　ごめんなさいっ！　出るっ！」

由芽が少年の顔から少し腰を浮かすと、少年はたまらず、そう叫んだ。

「あっつ！　出るっ！」

「ああああああっーーーっ！　いくっ！　いっちゃうっ！」

美乃と少年が咆哮を上げたのはほぼ同時だった。

溜まっていたのであろう、少年の精液がどくどくと美乃の体内に放出された。

「あっ！　あっ！　あっ！　あっ！　あーーーーーっ！！！」

射精の度に、少年は部屋中に響き渡るような声を上げ、身体を大きく反らして痙攣させる。

少年は全ての精液を美乃の中で出しきり、はぁはぁと厚い胸を激しく上下させ、眼を瞑りぐったりとしていた。

少年から身体を離した美乃は、体内に発射された白い液を溢れさせ仰け反りながら、そのまま後ろに崩れ落ちるように、ゆっくりと倒れ込んだ。

溢れ出た生温かい童貞から噴出された液体が畳を汚す。

「先生、好き、好きなの」

由芽は仰向けになり力尽きて焦点の合わぬ眼で宙を見る美乃の股間に顔を寄せた。

「綺麗にさせて、先生のここ、私のものだから、綺麗にさせて」

溢れ流れ出る少年の、鼻腔を突くようなきつい匂いの濃い液にかまわず、由芽はぱっくり開いてヒクヒクと痙攣をする美乃のその部分を、舌で丁寧に慈しむように、拭い取りながら、ぴちゃぴちゃと舐めていた。

「先生の、おまんこ舐められて私幸せ」

由芽はそう言いながら、力尽き倒れた。焼け野原になった戦場のように、松ヶ崎の息子、由芽、美乃が屍のように伏せている。その場に集う者たちは、固唾を呑んでその光景を見守っていた。

「美乃！　立つんや！」

松ヶ崎が部屋の緊迫した空気を震えさせるような声で、叫んだ。

美乃の身体が、ぴくりと動く。

「美乃！」

松ヶ崎は立ち上がり、ゆっくりと美乃のほうへと歩み始めた。

「美乃、見事や！　お前こそが京都の一流の女や！　この一千年の王城の地――　いや、一千年どころやない、これからも人間に欲望がある限り、この国の中枢であり続ける京都の女や！　美乃！　立て！」

松ヶ崎の声――初めて聞いた時から、逆らえないと圧倒されたその声に操られるように、一糸まとわぬ姿の美乃は立ち上がった。その薄桃色に染まった熱の残る身体からは先ほどまでの壮絶な営みの残り火の如くに蒸気が揺らめいているように秀建の目に見えた――その姿は、背に炎を滾らす不動明王、いや、煩悩と愛欲を背負う愛染明王のように思え、秀建は思わず合掌した。

――南無阿弥陀仏――

美乃は立ち上がったが、足元はおぼつかなく、目の焦点も合っていない。それでも顔をあげ、松ヶ崎の方を眺めている。

「京都に戻ってこい！　美乃！　お前は京都の女や！」

秀建はじめ、部屋にいる人間たちは、ぎょっとした表情を浮かべ一斉に松ヶ崎を見た。

「『松吉』も、お前にくれてやる！　十五代続く京菓子老舗『松吉』を引き継ぐのは、お前しかおらん！　京都の街でほんまもんの『粋』と『艶』を兼ね備え、引き継いでいけるのはお前しかおらん！　わしの持つ全てのものをお前にくれてやる！　店も、そこにおる情けないわしの息子も！　そやから京都に帰ってこい！　美乃！　お前はもうこの街でしか生きられんのや！」

松ヶ崎は叫ぶようにそう言うと、狂ったように腹の底から声を出して笑った。

――こんな松ヶ崎はん、初めて見たわ……――

一瞬、秀建は松ヶ崎が発狂してしまったのではないかとすら思った。

美乃がゆらりと、松ヶ崎の方に一歩進んだ。

「――先生――」

いつのまにか由芽が伏せたまま顔を上げ、美乃の足首を摑もうと手を伸ばしていることに秀建は気づいた。いや、由芽だけではない、松ヶ崎の息子も、薄目を開けて、とろんと酩酊した表情を浮かべながら、痙攣させた手を宙に彷徨わせているではないか――美乃を探し、縋りつこうと――

「先生、行かないで――」由芽が涙声になる。

けれど美乃はそちらは一瞥もせず、むしろ振り払うかのように迷いなく、松ヶ崎のほうに向かっている。

――このお嬢はんが今、見ているもんは、松ヶ崎はんという男か――いや、松ヶ崎はんが持っているもの――それは、権力や名誉というもんより、もっと大きく、この街に根付いているもの――

秀建は痛快でたまらなかった。笑い出すのを必死でこらえていた。

――おもろいわ、やっぱりこの京都っちゅう街は、おもろいわ――化けもんみたいな人間がぎょうさんおって、昔も今もそういう妖怪じみた連中が、この街を、いや、この国を動かしとるんや――このお嬢はんの欲深さは、底無しや――男も、女も、まだまだ喰らう気や――わしもやが、松ヶ崎はんもこのお嬢はんも、世間の連中から見たら狂うとるかもしれんが――この街を、この国を昔から動かしてきたのは、こういう欲望が『世間』からはみ出とる、狂うとる人間なんや――欲望が強いっちゅうことは、しんどいことや、満たされるっちゅうことはなく、地獄の餓鬼のようにずっと求め続けとらなあかん。時にはそのために戦って恨まれることもある。それでも、わしらしか、餓鬼のように貪り、修羅の道を歩む、わしらにしか、この国は動かせん――歴史を見ても、そうやないか。権力者たちは色と欲に塗れ人を傷つけ戦い自らも傷を負いながら――この国を作り上げてきとるやないか――

秀建はあまたの女たちの愛液と尿が染み込んだ数珠をぐっと握りしめた。

美乃は乳房を揺らしながら、繊毛の先から流れる白い液体を隠しも拭いもせず、松ヶ崎の前にすっくと立つ。

松ヶ崎から引き継がれるものを受け取ろうとするかのように、そのくせ挑むが如くに、美乃はゆっくりと手を伸ばし、先ほどから既に着物の上からでもわかるほどにそそり勃っている松ヶ崎の肉塊に触れようとしている。

わたしのものだと、言わんばかりに。

この男も、この男の持つものも、この街も、わたしのものだ、と。

松ヶ崎は自分の肉塊を摑んだ美乃の腰を引き寄せ、飢えた獣が餌を喰らうように美乃の唇を強く吸った。

法悦の表情を浮かべた美乃は、猛る欲望の源を握りしめたまま、松ヶ崎の胸に崩れるように倒れ込んだ。

――どうせ、人間は皆、死ねば地獄に行くんや。極楽など、あるわけがないやろ。いつか地獄に落ちるんなら、生きているうちに鬼になって、己の中の炎を滾らせて全てを焼き尽くせばええやないか――死んでしまったら、何もならん、何も残らん――生きてるうちに、鬼のように、鬼になって人を喰らうんや――美乃、鬼になれ――この、京都で――一千年の昔から今にいたるまで日本という国の頂上に存在する、この王城の地で――

松ヶ崎の声を聞きながら、美乃は口元に笑みをたたえ、こくりと頷いた。

花《はな》散《ち》らし

——南無阿弥陀仏——

苦痛を味わっているようにも見える顔で喘ぐ女を見上げながら、秀建はそう唱えた。

女が悦んでいるのは、秀建の男根に絡みつく女の体内から溢れる液体の量でわかる。豊かな蜜の匂いを鼻で吸い込む——甘いような酸いような苦いような、芳《こう》ばしい、女の匂い。

南無阿弥陀仏——そう唱えるのは、決してその最中に仏のことを考えているからではない。何かを念じる時に、そう口に出すことが癖になってしまっているだけに過ぎなかった。

秀建の上に跨り腰を動かす女は三十をいくつか超えた人妻だった。御池通《おいけどおり》沿いの旅館の女将《おかみ》で、旦那とは歳が離れ夜の営みはもうないのだと言う。

和服姿の時は細身に見えたが、脱がすと張りのある丸く豊かな乳と肉づきのいい腰、ほどよく滑らかな脂肪に覆われた身体、下の毛はわさわさと豊かに茂っている。全身が潤い、熱を発し、男を欲しがっていた。

愛汁が多く、絡みあっている間、流れ続けている。花弁の周りを覆うわさわさと生えた陰毛にまでその液が纏わりついていた。汗と混じった強い匂いが部屋中に漂い、本人も気にしているようだったが、むしろ秀建にはそれが好ましい。

秀建は女の匂いを好む、花壺から流れる蜜液も。

「濡れ過ぎて堪忍な、臭《く》そぉて堪忍な」

最初にこの女と寝た時、そう連発された。普段は気風《きっぷ》のいい女将として評判のこの女が「堪忍、堪忍」と、詫び言を繰り返すことで秀建の嗜虐心はいやがおうにも高まった。

溢れる愛液でじゅくじゅくになったその部分を、秀建が音をたてて啜り込むと、「ひぃっ！」っと、叫び声を上げ、足のつま先を反らした。

南無阿弥陀仏と唱えてはいるが、仏の存在――自分の内なる仏性を俺は信じてなどいない。学問としての仏教は一通り知識として身につけて、そこいらの坊主には負けないと自負するが、自分にとって仏様というものは、生きるために必要な物を手に入れるための手段に過ぎず、信仰心など欠片《かけら》もない。

俺が信じているものは、金と、今、自分の上に跨り、悦びの声を上げる女の身体が与える快楽――生涯、求めるものはこれだけだ。このために俺は血が滲むほどの努力をし、人に頭を下げ、権力と金を手に入れた。

　この街で。京都という長きにわたって都であった、怨霊鎮《おんりょうしず》めの結界に囲まれた妖気《ようき》漂う街で——綺麗綺麗な顔の下に淫靡《いんび》な闇が蠢くこの街で————俺は力を得た。

　力を持つ人間の下には人が集まる。こうして俺の話を聞くために高い金を出し、さらには自ら抱かれようとまでする女もいるのだ——貧しい家に生まれた醜い男に過ぎない坊主に、身を投げ出す女達が——

　秀建は蟹股《がにまた》で自分に跨り腰を動かしている女の股の付け根に指をやり、すっかり表皮から顔を出して、てらてらと光っている陰核を摘んで、くいっくいっと軽く捻った。

　——南無阿弥陀仏——

「ああっ！　そないなことしたらあかんっ！　秀建様、出そうやぁ、漏れてしまいそうやぁ！」

　汗に濡れた女の身体がぶるぶると震えた。

　秀建は女の腰を持ち上げ、男根をぬるりと抜き、滑り込むように女の身体の下にもぐり込み、濡れそぼったその部分に口をつけた。

「おう、罪深き女人よ、極楽往生しなはれ、南無阿弥陀仏と仏の御名を唱えてしんぜよう」

　秀建はそう言うと、口で女の花芯を強く吸った。ヒィッ！　と声を上げて、女の尿道から勢いよく生暖かい黄色の液が音をたてて湧き出《い》でた。

秀建はごぼごぼと溢れる尿を一滴も漏らさぬようにと、必死に女の股座に顔を埋め飲み干した。喉がごくごくと音をたてる。尿を飲まれる羞恥か、それとも絶頂に達したのか、女は頭を後ろに反らし、震えながら、言葉にならぬ咆哮を上げた。


女は力尽きてしばらく横たわっていたが、我に返ると、濡れた布巾《ふきん》で身体を拭い、そそくさと着物を身につけ、ねっとりとした眼で秀建を見つめ、おおきに、また来ますさかいと礼を述べると車を呼び、帰って行った。

わしが説法上手で名の知れた坊主やなかったら鼻にもかけへんくせにな——女の後ろ姿を見ながら自嘲《じちょう》気味な笑みを浮かべた。

老けて見られるが実はまだ四十代半ばである。背が低く、今でこそ福のある恵比須顔と言われるが、若い頃はつぶれた饅頭のような顔一面にぶつぶつと吹き出物が広がり、じっと上眼遣いで人を見る癖が、いかにも好色そうで、気持ち悪いと言われ続けてきた。足も短く腹も出て、毒々しいほど艶のある僧形の頭に逆らうかのように腕も足も毛深く、裸になると滑稽を通り越し不気味だと、風俗の女に言い放たれたこともあった。

そのくせ男の物だけは、にょきっと腹の下からまっすぐ上を向いてそそり勃ち、初めてそれを見た女達は眉《まゆ》を顰《ひそ》め怯える。

大きいほうが女は悦ぶというのは男だけが持つ幻想で、実際は入れると痛いし、咥えると疲れるし、好かれないのだということがわかった。特に身体を売る商売をしている女には、不評だった。ただでさえ自分の身体を酷使しているのだから、できるだけその部分に負担がかからないような「物」が好ましいらしいのだ。

何でそこだけ立派なんや、お前だけ、ええもん食うてんのちゃうか、と風呂場で先輩僧侶達に厭味を言われることもあった。何を言われても秀建は怒らず、常にへらへらと笑みを絶やさなかった。おかしくないのに笑う時は声を出さずに笑った。

本当におかしくて笑う時は、ケッケケッケッと大きな甲高い声が出て、それは決して人を愉快にする種類の声ではないと秀建は知っていた。

幼い頃その笑い声が気にくわないと何度も父親に殴られたのだから。

秀建の家は、日本海の海辺の町にあった。父親は魚を売る商いをしていて、妻との間に六人の子供がいた。父の収入では子供達を養うのは無理があり生活は困窮していた。

貧しい家に生まれ育った秀建は僧侶を志した。なぜならばその寂れた漁村で一番裕福なのは寺の坊主だったからだ。

老いてはいるが脂ぎったその坊主は、葬式、法事で儲《もう》け、高級車に乗り、三十を過ぎたくらいの未亡人を囲っていた。夜な夜な響く女の喘ぎ声を村の若者が聞きに集まっていた。秀建は声を聞くよりも便所を覗き見るのを好んだ。当時まだ水洗ではなかったその家の便所は離れにあった。

未亡人は昼間は畑に出ているので、陽《ひ》に焼けた肌の持ち主だったが、便器に跨りぺろんと突き出された尻は、そこだけ白い陶器のようにすべすべでつるんと滑らかに輝いていた。吹き出物のない大きく真っ白な尻の割れ目から、じょぼじょぼと音をたてて排泄する姿を何度も覗き、それで自慰を覚えたといっていい。

女が排泄を始めるとプンと鼻をつく匂いが漂い、大きく吸い込むとくらくらと夢心地になった。

後ろから覗き込む形になるので、尿が排泄される肝心な秘所は見えなかった。

まだ見ぬその花園に顔を近づけ、凝視して嗅いで味わってみたいと悶々《もんもん》とした夜を過ごしていた。

そのためには、この村を出ないといけない。この貧しい村で、一生を終えるよりは、人が集う都に出ないと自分にそれを与えてくれる女には出会えないであろう。そして名誉と富を手に入れる。それさえあれば、父に殴られ村の人に嘲笑されるこんな醜い自分でも、女を抱くことができるであろう。

僧侶を志した秀建は、新聞配達をしながら高校を卒業し、奨学金をもらい京都の仏教系の大学に入学した。

こないにも「ぼん」が多いんかいなぁと、秀建は大学で僧侶を志すはずの同級生達を見て驚いた。だいたいが寺の息子で、裕福に育てられた「ぼん」――坊ちゃんだった。

自分とは全く別の世界に生きる男達――洗練されて見栄えもよく、高級品を身につけて外車に乗る寺の息子達――もちろん、そうではない者もいたが、恵まれた者達が目立っていた。

大学内を見栄えのいい女と腕を組み闊歩《かっぽ》する者達が「仏」の道を学ぶ。そのことに矛盾を感じつつも、それ以上に、女を抱ける彼らがひたすら羨ましかった。

秀建は童貞のままだった。親からの仕送りが当てにならぬ秀建は、ビルの警備員のアルバイトと学業に追われて遊ぶ暇も金もなく、外見は決して女に好かれる容貌《ようぼう》ではなかったので、ただ毎日何度も自慰するしかない日々だった。

秀建は大学を卒業して京都の町中にある本山で修行することになった。

本山は、「兆忍寺《ちょうにんじ》」という名で、花街祇園の傍にあった。寺の境内の中は自由に行き来ができるので観光客や近所の人がそこを突っ切って花街に行く。

特定の女に執着すること――恋のような感情を初めて抱いたのは、その寺で修行を始めてからだった。

秀建は毎日のように寺の境内を通り抜ける一人の少女に心惹かれていた。「仕込み」と言われる舞妓になるための修業中の娘で年のころは十代半ばか。「仕込み」なので白塗りの化粧はしていないが、透明で一点のくすみもない白く輝くばかりの肌と、薄桃色の小さな唇、切れ長だが丸く大きな黒曜石のような眼を持つ少女だった。

「鈴屋《すずや》のお嬢さんや、ホンマにべっぴんやなぁ」

少女に眼を奪われているのは秀建だけではなかった。寺の修行僧達の間でも、少女のことは話題になっていた。「鈴屋」という八坂神社の傍の料亭の一人娘で、「鈴香《すずか》」という名前で、十五歳であることも同輩達の口から聞いた。母親も元舞妓で、鈴香自身ももうじき舞妓になることも。

年の離れたこの少女に秀建は心を奪われた。

鈴香が通ると、秀建は掃除をしていた箒《ほうき》を持つ手をつい止めてしまい見惚れてしまう。

「秀建、さっさと掃除終わらせや、鼻の下伸ばしとらんと」

同輩にからかわれ、「高嶺《たかね》の花もええとこや」と嗤《わら》われても、秀建は鈴香の姿を眺めることをやめられなかった。

一日の勤めが終わり布団に入ると、毎日鈴香を想い自慰をした。

秀建は自分が女の姿形以上に、「匂い」に興奮することを知っていた。満員電車で、バスの中で、女の身体に近づき女の匂いを嗅ぐとたまらない。勃起して先走り汁を漏らしてしまうことも度々《たびたび》だった。童貞の秀建にはそのような時にしか、女に近寄る機会はない。

ましてや鈴香の匂いを嗅ぐほどに近づける機会などあるはずがないが妄想した。舞妓になり化粧をすれば、それに白粉《おしろい》の匂いが混ざるだろう。着物には香が焚《た》き染《し》められているはずだ。どんな匂いなのだろう。

そしてあの少女の若草の茂みはきっと他の女とは違う匂いがするのではないかと思うと、鼻息が荒くなる。美しく可憐で気高い鈴香も、あの、故郷で坊主に囲われていた未亡人のように、厠《かわや》で股を開き放尿をするのだろうか。

ああ、できるならば鈴香の跨る便器の下に佇みたい。噴出される尿を浴び、音を聞くことができるのなら……死んでもいい。

修行憎が寝る部屋は大部屋で、十人ほどの同輩が煎餅《せんべい》布団を敷き詰めて寝る。秀建は布団に入ると、鈴香の匂いを妄想の中で膨らませ、同輩に気づかれぬように手で自分の性器を摑み、擦る。あの着物の下の少女の身体を舐め回してみたい——放出が近づきそうになると、秀建は布団を抜け出て厠に向かった。

ある日、秀建がいつものように境内の枯れ葉を掃《は》いていると、鈴香がしゃがみこんでいるのが見えた。背を折り曲げ、何かを探しているようだ。

「どないしよ、おかあはんにもらった簪《かんざし》があらへん……」

鈴香が呟いていた。

「ど、どないしはったんどすか」

秀建は思い切って声をかけてみた。鼓動が激しくなり、体温が上がり、汗が落ちるのがわかる。緊張で手に力が入った。

鈴香はしゃがんだまま振り向いた。その瞬間、少女から漂う香りが鼻腔を擽《くすぐ》り、秀建はまたたくまに陶酔し眩暈《めまい》を覚えた。

振り向いて秀建の顔を見た鈴香は、美しく切りそろえた眉を顰め、整った顔を歪めた。

「ほっといておくれやす」

まるで汚いものを見てしまったかのように、鈴香は、眉間に皺を寄せ、そう吐き捨てた。

「落としもんどすか、一緒に探してあげまひょか」

秀建はそう言って、傍にしゃがんだ。探すフリをして、さらに匂いを嗅ごうとしたのである。咄嗟に鈴香は秀建から離れて立ち上がった。

「いらんこと、せんでえぇ」

秀建がしゃがんだまま見上げると、鈴香の眉が吊りあがり、大きな黒目でじっと秀建を見下ろしたまま冷たい表情をしていた。

　軽蔑されているのだということがわかった。しかしそれでもその表情の美しさに見惚れずにはいられない。

「あんた、いつも、うちのこと、じっと見てたやろ」

　秀建は答えない。言葉が出てこないのだ。

「いやや ねん。あんたみたいなんかに見られると、寒《さぶ》なるねん。ホンマに気持ち悪いから、見んといてや。不細工な坊主に見られたら、うちまで不細工なんが、移ってしまうわ」

　吐き捨てるようにそう言うと、帯を翻《ひるがえ》して鈴香は逃げるようにそこを去っていった。

　秀建は、鈴香の残り香を嗅ぎながら、呆然と突っ立っていた。

　──小娘が、バカにしよって──

　確かに自分は醜く貧しい一介の修行中の坊主だ。けれど、あんな小娘にそこまで言われる筋あいなどない。いったい何様のつもりなんだ──そう憤慨しつつも、秀建はさっきより体温が上がり汗が滴るのがわかった。それが怒りではないことも──股間の肉棒が、今にも噴出しそうに屹立していることも触れずともわかった。

初めて鈴香の傍で、匂いを嗅ぎ、口をきくことができた喜びが怒りに勝っていた。

それからも秀建は眉を吊りあがらせ、汚いものを見下す軽蔑の表情をする鈴香の美しさを何度も思い返した。あの高慢な美貌を己の手で組み敷きたい——そう想うほどに秀建の肉棒はいきり勃つのだった。


舞妓になる儀式を、「店出し」という。舞妓の化粧をし、「われしのぶ」という髪型に結われ、「男衆《おとこし》」にだらりの帯の舞妓の着物を着せられて、その男衆と共に祇園の置屋、茶屋を一軒ずつ挨拶して廻るのだ。それまで「仕込み」と言われた鈴香は「鈴緒《すずお》」という名で店出しを行い、舞妓となるのだと噂で聞いた。

京都の一流料亭の一人娘で、すでに美貌で名が知れた鈴緒の店出しには、お客筋の人々がわらわらと詰め掛けた。その中を十五センチほどあるという「おこぼ」と呼ばれるこっぽり下駄を履いて、西陣織《にしじんおり》のだらりの帯を揺らしながら男衆と共に歩く鈴緒の姿を、秀建は一目だけでも見ようと、寺を抜け出た。

「鈴緒はんのお店出しどす」

男衆が置屋の玄関で声を上げる。鈴緒は「おおきに」と置屋の女将に店出しの挨拶をし、頭を下げる。

緊張している様子は全くなく、人々の視線を浴びながら、色鮮やかな梅の花が鏤《ちりば》められた柄の、赤みを帯《お》びた深い紫の着物の裾を手に持ち、悠然たる微笑みを浮かべたまま、堂々と祇園の石畳を歩く鈴緒の姿があった。

秀建の前を鈴緒が通り過ぎる。気づいているのか、気づかぬのかわからぬまま、一瞥もくれずに。

「鈴緒さんのお店出しどす」

男衆が声をかけて鈴緒は置屋から置屋へ廻っていった。

おそらく今夜には舞妓としての初の座敷が用意されているのだろう。白塗りの舞妓姿の鈴緒は、完璧に作られた日本人形のようだった。一分《いちぶ》たりとも隙がない。黒と赤に縁取られた大きな切れ長の眼が艶かしい。その黒目の光は、今日はいっそう輝いているようだった。

一年目の舞妓は下唇にしか紅を入れない。その唇の白と赤のコントラストがまた艶かしさを増していた。

あの口から漏れる息はどんな匂いがするのだろう――そしてあの白く塗られた顔と友禅染《ゆうぜんぞめ》の着物に包まれた身体はどのような匂いを発散させているのだろう――だらりの帯を棚引かせて祇園の石畳を歩く鈴緒の後ろ姿を見ながら、秀建はぐっと握りこぶしに力を入れた。

秀建は寺の修行の合間に古典文学を読み、落語を聴《き》き映画を観まくった。大学の図書館を渡り歩き仏教に関する文献も読み漁った。同輩達が女と戯《たわむ》れる余暇をひたすら教養と知識を身につけることに使った。

遊ぶ金もなかったし、自分が女に相手にされないのは痛切に自覚していた。その怒りと渇望を糧に、ひたすら学問に身を入れた。

同輩と飲みに行った先でも自分だけが女に相手にされず、「こいつこんな顔なのに、あれだけは無駄に大きいんだ」と嗤われ酒の肴にされ続けた。

女達は見栄えも育ちもよく、金もある同輩僧侶達にしなだれかかっていく。秀建は酒の席で嗤われバカにされても怒らず、ただ笑っていた。自分に茶々を入れる同輩に合いの手を入れることもあり、それが非常に受けて「おもしろい男や」と言われるようになった。自分の容姿を自身で笑いにできるようになり、道化に徹することで人の心を掴むことを、おぼろげながら知りつつあった。

二十五歳の時に、やっと秀建は風俗で女を知り童貞を捨てた。童貞を捨ててはみたものの、金で買う以外では女を抱く機会などは相変わらずなかった。

秀建は三十歳を過ぎて本山を離れ、京都の東にある寺で修行するようになった。歴史があり、修学旅行生や観光客が訪れる類《たぐい》の寺だった。彼らに向けて僧侶達が順番に法話を聞かせていた。秀建も人前で話をするようになった。これが思いのほか評判を呼んだ。

最初はつまらなそうな顔をしていた修学旅行生が途中からは大爆笑をした。老人達の中には、最初は笑わせ最後はしんみりと仏の道を説く秀建の話に涙する者もいた、古典と仏典を読み漁り落語を聴き、芸能にも精通した知識豊かで、話術巧みな秀建の法話は次第に有名になり、講演の依頼も来るようになって本やビデオの出版もした。時折テレビ出演の依頼もある。

そんな秀建を「俗物」だと批判する同輩達もいたが、秀建自身は一向に気になどしない。驚くほどの収入が転がりこんできたからだ。寺自体も拝観者が増え潤い、年上の僧侶達まで秀建の機嫌を取り始めた。

俺は確かに俗物かもしれないが、この世は俗物だらけやないか。いや、この世の中を作り、動かしている者達は、俗物ばかりやないか。悟りを開いた者などおらぬわ。

仏など知らぬ。

外見は相変わらずだったが、名が知れ渡るに連れ、秀建を見る女達の眼が変わったことに秀建自身が一番驚かされた。それまで、自分から秀建に言い寄ってくる女など一人もいなかった。女は自分を嘲笑し侮蔑《ぶべつ》する存在だと思っていたし、もしも女を抱こうとするならば、金を払い、買うという手段しかないと思っていたのだから。

＊　＊　＊

「個人的にご相談させていただいてもよろしいですか？」

『泣いて笑ってこの世は極楽浄土』というキャッチフレーズのテレビのドキュメンタリー番組の撮影が終わったあとに、リポーターをしていた女が小声でそっと秀建の耳元でそう囁いた。

京都の寺におもしろ坊主がいる。

秀建の法話が最初に話題になり始めたのは、修学旅行で寺を訪れた東京の私立中学校の校長が秀建の話に感動したと、国営放送の教育番組に出演した際に語ったことがきっかけだった。

秀建がその寺で法話を始めて、一年目、三十二歳の時だった。

その番組を見たという民放のドキュメンタリー番組が、取材したいと持ちかけてきたのだ。

そしてそのリポーターとして訪れたのが、元アイドル、南森《みなみもり》ユウリだった。

芸能界に疎い秀建でも知っている、一世を風靡《ふうび》したアイドルグループ出身のタレントだ。

歳は二十代後半で、グループが解散し女優になったはずだが、いつの間にかこういうリポーターやバラエティ番組の末席でしか見かけなくなった。アイドルグループにいた頃の輝きのようなものは失われているかもしれないが、それでもさすがに芸能界という世界にいる女が持つオーラに、最初に挨拶された時に秀建は戸惑った。

南森ユウリはテレビで見るより実物のほうが大人びていた。頰を覆うようなウェーブの入ったショートカットの髪型、大きめだが切れ長で黒目がちな瞳、小さな唇が、形のいいたまご型の輪郭の中に品よく配置されていた。大勢の男達に賞賛され愛され注目された、選ばれし者だけが纏う魅力をユウリは持っていた。

テレビで見るよりずっとべっぴんさんや——秀建だけがそう思ったのではなく、同輩達が厠でそう話をしているのが聞こえた。その日、南森ユウリが来るというので、寺は普段よりいっそう騒がしかった。

秀建が寺に来た人々に説法をする場面を撮影し、そのあと本堂で向かいあったユウリが秀建にインタビューをして撮影は終わった。

スタッフ達が撤収作業をしている時にユウリが秀建に近づいてきて、「明後日の夜までは京都にいますから、ホテルに電話いただければ……」と、耳元で囁きながら名刺をこそっと秀建に渡した。

その夜、秀建がユウリの泊まっているホテルに電話をかけると、

「今すぐ会えませんか」

と言われ、何が起こっているのかわからないまま、指定された木屋町《きやまち》のバーに向かった。

昼間は寺という場所を考慮してか、地味なベージュのスーツ姿だったが、小さな会員制のバーのスツールに腰掛けたユウリは、身体にぴっちり張りついた真っ赤なTシャツと、デニム生地のミニスカート姿だった。身体のラインが浮き出るTシャツで、思いのほか胸が大きいのがあからさまで、秀建は眼のやり場に困った。

スカートから出た、ほっそりした足が組まれた隙間からは、黒い布が見えていた。

秀建が店についた時はユウリはもうすでに飲んでいたようで、大きな瞳がねっとり潤いを帯びていた。

ああ、綺麗なおなごはんやぁ。

その黒目がちな大きな瞳、小さな唇、たまご型の顔——鈴緒に似ている——と秀建は思った。鈴緒に似ているから美しいと感じるのか、美しいから鈴緒を連想するのかどちらなのかわからなかった。

秀建はユウリの隣に緊張しながら座った。三十過ぎても女は金で買った経験しかなく、こうして二人で並んで酒を飲む機会もなかった。

ましてや隣に座るのは、旬を過ぎたとはいえ一世を風靡した元アイドルである。秀建はユウリから眼を逸らしウーロン茶を注文した。

「お酒、飲まないんですかぁ」

語尾を延ばして甘えるような声を出し、ユウリが首を傾けてじっと秀建のほうを見た。

「まだまだ修行中の身おすさかい」

「真面目なんですねぇ、お坊さんって、もっと、なんていうか、実は遊んでるんじゃないかって思ってたんですよぉ」

顔は鈴緒に似てはいるが、その語尾を延ばし幼さを強調する喋り方に、媚《こび》を感じて秀建は少し失望した。しかしそれを差し引いても十分魅力的で色気を漂わす女だった。

「お疲れのところ、呼び出して本当にごめんなさい」

ユウリは真顔になり、身体を捻り秀建のほうを向きぺこりと頭を下げた。

「そんなん、ええんどすよ。それより、何や、相談がある言うてはりましたなぁ」

秀建はそう答えながらも相変わらずユウリを正視することができず、眼の前に出されたウーロン茶を眺めていた。

カウンターだけの小さなバーだった。客は秀建とユウリしかいない。バーのマスターは三十代くらいで髪を短く刈り上げた男だった。マスターはカウンターの中の椅子に腰をかけ、眼を瞑り流れるジャズに聴き入っているようで、こちらに関心なさそうな様子であった。

落ち着いて応対はしているが、秀建はすっかり舞い上がっていることを自覚していた。眼の前にいるのは、人も羨む美人タレント——仕事以外でこうして呼び出され、相談があると甘えられているのだ。

「相談っていうか……今日、秀建さんのお話を聴いて、本当に感動したんです。正直、涙出そうだった。仕事中だし、抑えたんですけれど、こんなに心が揺り動かされたことって今までなかったんです」

秀建の説法を聞いて、たまに泣き出す年寄りはいる。しかしこんな若い女が、しかも正直言って浮ついたイメージのある芸能人にそう言われたのは初めてだった。

「見かけほど華やかな仕事じゃないし……時々、自分が何をしてるのか、何がしたいのかってわからなくなるんです。スカウトされて芸能界に入って、なんとなく生きて、なんとなく流されてこういうことやってるんですけど……ほら、次々に若い娘《こ》が出てくるじゃないですか。そうすると、私みたいに、ただ流されてやってるだけの人間って、もう、行き場所とか、居場所とか、なくなって……最近、ちょっと落ち込んでたりしたんです」

ユウリが眼を伏せると、長い睫が揺れた。

「だけど、今日、秀建さんの話を聴いて、ああ、こうやって迷いながらでも、何も未来が見つからなくても、ただ生きてるだけでいいんだ、それで幸福なんだって、そう言われて、私もこのままでいいんだって、すごく嬉しくて、救われたんです」

そう言うと、もともと潤いを帯びたユウリの眼は涙を湛えて、じっと秀建を見つめた。

「それも、仏様のご加護、どす」

秀建はそう言うと眼の前のウーロン茶を飲み干した。

ユウリが秀建の膝に手を置いた。その部分が熱くなり、血液がどんどんと頭に上ってくるようだった。

「甘えて、いいですか」

答える前にユウリは秀建にしなだれかかってきた。

「今夜だけでいいんです。今夜はそういう気分なんです。秀建さんのお話を聴いて、救われた夜だから。南森ユウリが生まれ変われそうな夜だから。だから一緒にいてくれる人が欲しくて」

しっとりと、まるで砂漠の砂が水を吸うように、秀建の身体に女の柔らかさが伝わった。

それは、金で買う女達には感じられない感覚だった。

同時に、香水と体臭の混じった甘酸っぱい香りが容赦なく秀建の鼻腔を満たした。柑橘系の香水なのだろうか、酸味を帯びた甘い香りだった。

　ユウリの手が秀建の股間に伸びて、撫で回し始める。屹立した男根を作務衣《さむえ》の上から指で確かめたユウリの眼が一瞬大きく見開かれ輝いたように思えた。

　俺を今まで馬鹿にした奴らに、この光景を見せびらかすことができたなら、どんなに気分がいいだろう——秀建は眼の前で一糸纏わぬ姿になったユウリを見た。

　風呂に入りシャワーを浴びたユウリの水滴で濡れた髪の毛が艶を増していた。

　そのままユウリはすでに全裸になっていた秀建の前に、まるで救いを乞うかのように跪《ひざまず》く。

「大きいぃ……すごく……こんなの初めて……」

　ユウリは秀建の肉棒を手にして、眼を輝かせながらそれを眺めていた。

　顔は色白だが、服を脱ぐと、意外に小麦色の引き締まった肌の持ち主だった。豊かな乳はブラジャーをとっても張りを帯び、崩れない。見事な腰のくびれ、無駄な肉が全くなかった。

　跪いたユウリが秀建の男根に口づける。ちゅっ、と、軽くキスをするように弾いた。

「大きいから、濡らさなきゃ……」

　ユウリの眼はねっとりと秀建の肉塊を見て酔いしれている。今まで風俗の女達には、嫌悪しかされなかったこれを、こんなに愛おしそうな眼で見る女がいることが信じられなかった。

　しかもこんな美しい女が。

ユウリは舌を出して先端の鈴口をちょろちょろと舐め始めた。そこから溢れ出している透明で粘り気を帯びた液体を舐め取ろうとするかのように。

「おいしぃ……」

ユウリは大きく口を開けて秀建の男根を咥えこんだ。

「おぉお……ぉぉひぃ……」

ユウリは奥まで咥え込み上下に動かしてきた。手を添えて、口に合わせて皮も動かす。そしてもう一方の手で玉袋を包み込んで揉みしだいた。

こんなふうに玉袋を揉みながら、男根を舐められたのは初めてのことだった。風俗の女はそこまではしてくれなかった。何よりも、自らこんなに嬉しそうにしゃぶられたことはなかった。

ユウリの口から唾液が溢れ出してくる。男根が元アイドルの生温かい唾に濡れ、リズミカルに玉袋を揉みしだく感触が加わり、秀建は耐えきれず、「ぁああっ！　ああっ！」と、声を上げた。膝がガクガクする。身体中の神経がその部分に集中し、足にも手にも力が入らなかった。

ユウリは上下に動かしながらも、舌で先端の笠の部分の内側をなぞっていた。

——南無阿弥陀仏——なんや、この女は——

しゃぶることが好きで好きでたまらない、心底それを味わっていると思わせる舐め方だった。両手、そして唇も舌も、全ての術を使って肉茎を味わっていた。

淫乱、ちゅうやつか。好き者——そんな女、ほんまにおるんや、しかも、こんなべっぴんで、そんな女がわしにこうして自ら喰らいついてくるとは——思いがけんことも、あるんやなぁ。

ひとしきりしゃぶったあと、ユウリは、ちゅぽっと音をたてて口を離した。秀建は放出する寸前だったが、それを察したかのような絶妙なタイミングだった。

秀建を見上げるユウリの眼は潤《うる》み、半開きの唇からは涎が垂れている。

「ああ、こんなすごいおちんちんが、ユウリの中に入ると思うと……たまんないのぉ」

秀建が口淫の余韻を味わうかのように、そのまま呆然とそこに立っていると、ユウリは立ち上がりベッドに移動し、そこに寝そべり、股を大きく開いた。

「秀建さまぁ、来てぇ。ユウリの、ここも舐めて」

ユウリは両手で自分の花びらを摑み、大きく広げた。

色素沈着も少なく毒々しいほどの朱色がぬめりの衣を纏い、その奥にある食虫花のような花弁が蠢いて、白い液が溢れ出しているのが見えた。

秀建は恐る恐るその部分に顔を近づける。

処理をしているのか繊毛はほんのちょっと、大きく屹立している真珠豆の上にそそくさと生えているだけだ。

濃い桃色の大きめの花びらをユウリは自ら摑み広げている。淫靡な匂いが奥から漂う。

「蜜やなぁ」

まさに、この女の内側から快楽と共に流れ出る液体は、花の蜜としか思えぬような甘く、酸い、啜らずにはいられない香りがした。

秀建は顔を近づけ、ユウリの花びらの奥をじっと見る。

芸能界に疎い秀建でも知っていた、国民的アイドルグループにいた美女――旬を過ぎたとはいえ、今でも十分に美しく、選ばれた人間のオーラを漂わせている女のその部分を、じっくり観察せずにはいられなかった。

大きめの花びらの中は朱色に近い濃い桃色。その中の穴がぱくぱくと魚が呼吸をしているように蠢いている。そこから眼を下に落とすと小さな窄《すぼ》まりがあった。排泄器官であるはずの窄まりは、幾重もの皺に縁取られており、その皺の部分だけが濃い褐色で、まるで恥じらい頬を染めている少女のように、きゅううんと引き締まっているようだった。窄まりの周りには、数本の毛が生えていた。ここまではさすがに処理をしていないのだろう。

窄まりは、蜜を溢れ出そうとしている上の穴とは、違う匂いがした。これは汗の匂いに似ているのかもしれない。けれど芳香とは斯《か》くの如しと言わんばかりの、秀建好みの香りだった。

「そんなじっと見られていると、感じちゃうよぉ。早く、舐めなめしてぇ」

ユウリが口をすぼめ、媚びた表情でそう言うので秀建は舌を伸ばした。

「ふぁああっ！」

まず、その大きく天に向かっているかのような真珠豆を、舌先でぺろんと弾くと、ユウリは大声を出した。

舌で弾く度にユウリは腰を浮かせ大声で喘ぐ。何度かそれを繰り返したあと、その豆を口に含み舌先と唇でしごいた。

「うぁあっ！　すごぃっ！」

ユウリがさらに仰け反った。

女のその部分を舐めたことは何度もあった。女を悦ばせたいわけではなく、そこから溢れ出る液体と匂いを秀建は味わいたかったからだ。

しかし、こんなに反応を示す女は初めてだった。演技ではない証拠にユウリの全身が汗ばんできて、触るとしっとりと手のひらに吸いつくようだった。

「もぅ、我慢できない……」

ユウリが眼を細め涎を口の端から流しながら、秀建を見た。

「ピル飲んでるから、生で、いいよ」

秀建ももう限界だった。膨張した男根が張り詰めて痛いほどだ。

ユウリの花びらの奥からは白い液がドクドクと溢れて、シーツを濡らしていた。ここまで濡れているのならば大丈夫だろう。

女の中には秀建の男根を、ただひたすら痛がることを隠さない者もいた。

痛いから早く絶頂を迎えたフリをして終わらせようと、わざとらしい演技をする女もいた。

秀建はユウリのほっそりとまっすぐな足を抱え込み、己のものに手を添えて、ゆっくりと先を探るように進めていった。

「うぁあぁ……」

抵抗は感じられなかった。滑《ぬめ》りを纏いながらゆっくりと入れていくと、なんなく全てが入った。

「大きいぃい……すごぉい……」

ユウリのその部分が悦んでいるのがぴくぴくと締めつける襞と、襞の奥から溢れ出る愛液の量でわかる。

とことん好き者の女なのだ――この女が実際のところは愛情や尊敬など、自分に対して感じていないことぐらいは、わかっている。けれどそれでもこの女の身体は秀建の巨根を悦び、身体中で反応を示しているではないか。

　ふいに鈴緒の顔が浮かんだ。

「うちに話しかけんといて」

と、冷たく秀建を見下した、あの高慢な表情と眼を。

自分の下で声を上げているこの女は、実は鈴緒ではないか。

そう思うと酷く残酷な気分が込み上げてきた。痛めつけて壊してやろうという衝動に駆られた。

　全身を使い、パンッパンッ！　と音をたて、思い切り激しく突き、これでもか！　と言わんばかりに力任せに腰を動かす。

「ああっ！　いいっ！　いいっ！」

今まで金で買った女達にこれをしようものならば、痛みと、がっついている醜い坊主めと言わんばかりに嫌がられてきた。

しかし、この女は突けば突くほど液を溢れ出させ、声も大きくなるではないか。

　全身で自分の身体を受け入れ確かに悦びを感じている――そのことが秀建の自意識を解放し、高揚させた。

ユウリのその部分は、きゅっきゅっと、締めつけてくる。

「ああっ……もぉ駄目ぇっ！　ユウリ、イっちゃうよぉっ！！」

秀建の息遣いも荒くなる。自身も限界に近づき頭に血が上っていた。

「おうっ！　罪深き女人よ、極楽往生されよっ！」

なぜか秀建はそう口走り、ユウリの中にどくどくと射精した。

「んんあああーーーっ！」

ユウリの咆哮が木霊する。

精を放った瞬間、秀建の頭の中は真っ白になった。なぜかそこにぼんやりと、あの冷たい眼で自分を見下す鈴緒の姿がかげろうの如く浮かび上がった。

鈴緒——

秀建はまっすぐ手を伸ばし、鈴緒の姿を摑もうとしたが届かなかった。

そのままばったりベッドに倒れ込んだ。

「ねぇ、お願いが、あるんだけど」

息が整わぬままユウリが汗ばんだ身体を秀建に寄せてきた。

「……なんどすか……もう、出してしもたさかい……」

「違うの、そうじゃなくてね……ユウリ、イッちゃうとね、おしっこ、すごくしたくなって……」

汗で髪が頬に張りついている。口紅はすっかりとれてマスカラもはげているが、虚ろな黒目がちな瞳に、じっと見つめられるとやはり見惚れてしまう。

「おしっこ、かけたいの。南森ユウリの、おしっこ」

ユウリはそう言って起き上がり、秀建の顔の上に跨った。

何を言い出したのか、一瞬意味がわからなかった。

「ユウリ、変態なんだと思うの。でもね、これね、グループにいた時に、みんなさせられてたんだ。だから、癖になっちゃって」

ユウリが在籍していたアイドルグループには、元歌手というプロデューサーがいたはずだ。そのグループの女全員にそのプロデューサーが手を出しているという噂は、よく週刊誌の見出しに出ていたということをふと思い出した。

「おしっこ、かけたいの。男の人が、ユウリのおしっこでびちゃびちゃになるのを見るのと、恥ずかしいのとで、興奮するの」

秀建の眼の前に、ユウリの足の付け根に囲まれた秘蹟《ひせき》があった。

ユウリの尻は小さく白く引き締まり、顔と同じくたまごのようにつるんとしている。その形のいい尻の割れ目から、褐色の皺に囲まれた窄まり、そしてその上にある女性器が、もう完全に開いて中を曝け出し、先ほどの余韻なのか、ひくひくと蠢いていた。

そこから垂れ下がる白い液は、秀建が放出したものなのか、ユウリの中から溢れたものなのかわからない。けれど匂いは明らかにそれらのものが混ざりあっていた。ユウリの甘く酸い香りと、秀建の栗の花の匂いが溶けあい漂っている。

「よろしいで、出しなはれ」

昔、兆忍寺で修行中に、夜毎に鈴緒のことを考えて自慰していた時に、何度か鈴緒が尿を放つ姿を想像したことがある。

秀建は女から発せられる液体と匂いを、肉体そのもの以上に好んでいた。女の液体を浴び、濡れてみたい——その欲望は確かに秀建の中にあった。まさか女のほうから、それをしてくれと頼んでこようとは。

——南無阿弥陀仏——そう唱えずにはいられなかった。

秀建の顔の上に跨ったユウリの花弁が、ぴくぴくと震える。尿を出そうと力を入れてるのだろう。

「ううっん……出そう……出ちゃ……んんあぁあっっ！」

ユウリの雄叫びと同時に、秀建の眼の前にある、ぬめった裂け目と雌しべの間の小さな穴から、ちょろちょろと黄色い液体が噴出されてきた。

「ああん……ユウリ、恥ずかしいよぉ」

自分から望んだくせに、ユウリは羞恥に興奮しだしてきたようだ。

秀建は目を見開いて放出の様子を見ようと思ったが、眼に入ると沁みてきて瞑らざるを得なかった。

それならば視覚ではなく触覚と味覚と嗅覚で、この美しい女の尿を味わおうと咄嗟に思った。

仰向けに寝転がる秀建の顔の上に、ユウリはちょろちょろと少しずつ、けれど長く放出していった。

断続的に秀建の顔を尿が濡らし、鼻や唇を伝わって流れ落ちてシーツを濡らしていく。秀建は舌を出し尿を味わおうとした。初めて飲む女の尿だった。鼻をつく匂いと共に苦味と微かな甘味が、舌を伝わり口の中に流れこんでいく。

——甘露や——

その味と香りに濡れると、さきほど思い切り放出したはずの、秀建の男根が再び力を帯びてくるのを感じた。

そして思い出したのだ——あの海辺の町にいた、少年時代に何度も盗み見た未亡人の放尿姿を。跨られ喰らいつき飲み干し嗅ぎたいと切に願い、そのために自分は僧侶になったことを。これや、わしはずっとあの時からこれを望んでいたんや——ああ、女の身体の中から溢れる液体と匂いは、どれも甘露じゃ、わしが夢見ていたとおりの醍醐味や——。顔中、尿に濡れながら秀建は法悦の境地に浸っていた。

南森ユウリとの一夜が秀建を変えたと言っていい。

自分を堅く覆っていた何かが剝がれ、解放されたようだった。それまで怯えていた物の正体が、実はたいしたものではないのだと、気づいたことで自由になった。

もう自分は女に嫌がられ避けられる男ではない——饒舌《じょうぜつ》さと知名度、金、それらのものを手にしただけで、このように女のほうが自ら寄ってくることもあるのだと知った秀建は、ますます精力的に活動の場を広げていった。

テレビに出たことでさらに秀建の説法は話題になり、講演会などの依頼が相次ぎ、寺の拝観者も増えていった。それと同時に富も転がり込んできた。金と名声を手に入れると人も寄ってくる。今まで自分を鼻にもかけなかったはずの女達の秀建を見る眼も変わった。

話を聞いて感動したと自ら身体を投げ出す女は、ユウリだけではなかった。ユウリはその後も、京都に来る度に秀建の元に来た。三十路を前に会社員と結婚して芸能界を引退するまでは関係を続けていた。

「説法上手な坊主・秀建」の名は高まり、そのうち京都の一流の人間達が集うサロンにも出入りするようになった。

――南無阿弥陀仏――

仏様、あんたはえらいやっちゃ。わしにこのような富と快楽を与えてくれはるなんてなぁ。

坊主になってよかったと心の底から秀建は思った。

＊　＊　＊　＊

舞妓になった鈴緒のその後の噂はたまに耳にした。

鈴緒は舞妓を三年勤め上げ、二十歳になる前に「襟替え」――舞妓と芸妓《げいこ》では襟が違うので、舞妓から芸妓になることをそう言う――を終え芸妓になった。

二十三歳で、「プリンス」と呼ばれ、ドラマや映画等でも活躍している歌舞伎役者が旦那――つまりはパトロンになったと聞いた。歌舞伎役者は独身だった。その援助により二十五歳で鈴緒は芸妓を辞め、祇園に小さな会員制バーを開いた。

鈴緒の実家は代々続く高級料亭で家柄も経済的にも申し分がない。歌舞伎役者の後援会の人間とも繋がりがある。いずれその役者の正式な妻となるのであろうと祇園の人達は噂をしていた。

ところが鈴緒が三十歳になろうかという頃に、唐突にその歌舞伎役者が二十四歳の民放の人気女子アナウンサーとの婚約を発表した。すでに女は妊娠していた。

歌舞伎役者から捨てられた直後、料亭を経営する鈴緒の父が倒れた。そこで多額の借金が発覚し経営は破綻《はたん》した。鈴緒の父は家族に内緒で株に投資し大失敗をしていた。

鈴緒は男から捨てられ親にも頼れず、そもそも商売などが上手くできるほど世智に長《た》けた女でもない。経営する店も借金を抱え、誰か助けてくれる者はいないかと途方にくれているのだと、秀建は友人で老舗の和菓子屋「松吉」十五代目主人の松ヶ崎藤吉から聞いた。

つまりは新たな「旦那」を探しているのだと。

「えらい困ってはるようやで。まあ、ただでは誰も助けんやろな。プライドの高い女やさかい、今まで自分で何とかしよ思うて、ずるずる先延ばしにしおったら、借金が二千万円まで膨れ上がってにっちもさっちもいかん状態らしいわ」

松ヶ崎が酒の席で意味深な笑みを湛えてそう言った。

「べっぴんやけど高慢ちきで、旦那の権威を笠に着て人を見下すさかい、祇園の衆にも嫌われてきたらしいんや。世間知らずのお嬢はんのまま大人になったんやなぁ。あそこは女の世界やし、何よりも礼儀や、人と人との繋がりを大切にするところや。今までの振る舞いが評判悪ぅて、誰も助けてはくれん。相当困ってるらしいて、わしのとこにも人を通じて話がきたが、わしはどうもあの手の女は好かん」

そう言えば、松ヶ崎の妻も元舞妓だったと秀建は思い出した。

「どないどすか。あんたなら、二千万円、用意できますやろ」

松ヶ崎が何か新たな企みを思いついたように、眼の奥に底知れぬ不気味な光を湛えながら、にやりと笑ってそう言った。

* * * *

必ず舞妓の扮装をしてくるように――秀建は人を通じてそう伝えた。

舞妓というのは十代の少女である。三十路の、しかもかつては祇園の名妓として名を馳せた元舞妓の鈴緒がその姿になるのは本人にとってはどれほどの屈辱であろうか。

安井《やすい》金比羅《こんぴら》宮《ぐう》の境内の中で待つ秀建の眼の前に、おこぼを履き舞妓の姿で現れた鈴緒は、

「こんばんは、よろしゅうおたの申しやす」

と、頭を下げながらも手は震え、ちらっと上眼遣いで秀建を見たその大きめの切れ長の瞳

には冷たい怒りが灯《とも》っていた。

ここに来るまで、この格好ではさぞかし目立ったことだろう。かつて十代の頃、この世が全て思いどおりになると思っていた頃に着ていた衣装を金のために、昔、罵倒《ばとう》した醜い男に身を売るために纏わないといけないのだから。

秀建は鈴緒の姿にしばし見惚れた。高下駄を履いた鈴緒は背の低い秀建より二十センチは高く見上げるような形になる。水仙の柄の深緑の着物に金と赤の糸で織られた鮮やかな帯を締めていた。

確か年齢は三十を一つ二つは過ぎているはずだ。顔が舞妓の頃より面長になっているような気がしたが、美貌に落ち着きが加えられ、肌は以前より艶を帯び、しっとりとしているように見えた。そして、あの時と同じ秀建を見下す冷たい眼——その眼に秀建は欲情していた。

哀れだ、と秀建は同情もした。男に捨てられ若さという価値も失いつつあり、醜い坊主に身を委ねなければいけない眼の前の女に秀建は同情した。そして、その同情を察しているからこそ鈴緒が怒りを隠せずにいるのもわかった。

「鈴緒さん、あんた、大変どしたなぁ」

秀建は、「都のえべっさん」と言われる、くしゃっと、つぶれたような笑顔で言った。鈴緒は屈辱を感じたのか、歯をぐっと嚙み締めると唇の紅が滲んだ。

「ほな、行きまひょか」

安井金比羅宮の鳥居を抜けて小さな和風の連れ込み宿に入った。一流のホテルを使うことももちろんできたが、敢えて秀建はこの華やかな舞妓姿と不似合いな旅館を選んだのだ。

鈴緒がその旅館の佇まいを見て俯いた。きっとこんな安い連れ込み宿など入ったことがないに違いない。自分はそこまで下に見られ、軽く扱われるのかと思うと、プライドが許せないのだろう。けれどここで抗うこともできぬ自分の立場をわかっているのか黙っていた。

旅館の中に入ると八畳ほどの部屋に布団が二組敷かれていた。

「あの、それで、本当に、いただけるんどすなぁ」

鈴緒は小声で布団から眼を逸らしながら言った。

「ああ、二千万円どすか。明日には振り込ませてもらいますわ。容易いこっちゃ」

鈴緒が一瞬、安堵《あんど》した顔を見せた。

「舞妓の格好っちゅうのはたいそうやなぁ。重そうやさかい、さっそく脱いでもらいまひょか」

鈴緒はキッと秀建を睨み据えた。

「秀建はん、あんたがこの格好せぇ言うてはるから、うちは恥ずかしいけど着つけてもろてきたんや」

鈴緒の眼が潤んでいた。溢れそうな涙を堪えながらも怒りの籠《こも》った眼で秀建を見る。

「うち、身体は売っても、心はあんたなんぞに売りまへん。うちの心は、あの人だけのもんや」

「その『あの人』に、あんた捨てられて困ってはるんやろ」

秀建がそう言い放つと、鈴緒の眼から涙がポロポロ溢れ出してきた。

「違うんどす。あれは、向こうの女がズルしたんや。ズルして子供作ってあの人をハメたんや」

「しょうのないお人おすな。いや、わしはあんたのこと可哀想《かわいそう》やと思っとるんどすぇ。そやないと、一晩一緒におらせてもらうだけで、二千万なんて大金をポンとよぅ出しませんわ。あんたが脱ぐのがいやなら、脱がんでよろし。そやけどもうここまで来たんやさかい、これからはわしの言うことを聞きなはれ——まず、足を広げなはれ、少しでええから」

鈴緒は観念したのか、顔を俯かせこころもち足を広げた。

秀建はその前にしゃがんで、着物の中に手を入れる。襦袢《じゆばん》の裾も割り鈴緒のふくらはぎに触れ、汗ばみ湿り気を帯びた手で撫で回す。

「おお、鈴緒姐《ねえ》さん、形のええ足どすなぁ。肌もすべすべやぁ」

屈辱と嫌悪のためか鈴緒は身体を震わせていた。着物の裾を鈴緒自身に持たせて、割り裂いた襦袢の下の形のいい白い足を眺め、秀建はため息をついた。

「ええ、おみ足おすなぁ……いつも着物で隠してはるのがもったいないわ」

秀建は顔を近づけ、ちゅうぅっと音をたてて鈴緒の太ももに吸いついた。痕《あと》が残るようにわざと強く吸いつく。ちゅうちゅうと何度も繰り返し吸いつき、太ももを下から舐め上げる。上に眼をやると、下穿《したば》きをつけていないので――それも秀建が指定した条件だったのだが――密かな茂みが眼に入った。

「南無阿弥陀仏――なんや、ええ匂いがしてきましたわ――」

意外にもすでに鈴緒のその部分からは淫臭《いんしゅう》が漂ってきていた。甘く酸い香りが――なんや、三十過ぎやのに、処女みたいな酸っぱい香りやわ、そやけど、この匂いやと、お汁の量は多そうや――

「ずっと裾持ってはるのもしんどいやろ、そのまま、横になりなはれ」

そう言って安宿の煎餅布団の上に、鈴緒を仰向けに寝るように導く。結った髪も長い帯も寝にくいのは承知していたが、それでも何とか鈴緒はそこに横になる。簪の花びらが揺れて、ちりんと音をたてた。

「股を開きなはれ」

着物の裾を広げて前を割り裂き、足を広げさせようとするが、鈴緒は羞恥のためかまっすぐ足を伸ばしたままだ。顔を見ると眼を堅く瞑って唇を噛み締めている。

「強情やなぁ、鈴緒姐さん、おぼこやあるまいし」

鈴緒は返事をしなかった。

秀建は力をこめて鈴緒の足をぐいっと割り、下穿きをつけていない淡い茂みに覆われたその部分を露出させた。電気は消していないので、明かりが煌々とその部分を照らしていた。

「鈴緒姐はんの、おめこ、お店出しどーすー」

男衆の真似をして秀建は部屋に響き渡るような声を張り上げた。鈴緒の顔が歪んだ。

陰毛は全く手入れされていないようで、薄めで柔らかくふさふさとその部分を覆っていた。

「ごちそうになる前に、じっくり見せてもらいますわ、祇園一の名妓、憧れの鈴緒姐さんの、おめこや」

秀建がそう言うと、羞恥のためか鈴緒がブルブルっと身体を震わせた。

匂いが鼻先を擽る。花びらは少し色素沈着していたが歳相応だろう。触れずともそこはすでにぱっくり餌を咥えこむ貝のように開いて、奥からは白い液が溢れているのが見てとれた。

「鈴緒姐さんのおめこ、べっぴんさんどすなぁ。右より左のビラビラが少し大きいようどすなぁ。色白なお人やさかい、ここもどんな色やろか楽しみにしとったんどすが、この花びらの色は思ったよりも色づいてはりますなぁ。まあ、鈴緒姐さんもええ歳やし、さんざんここ、旦那さんに弄《いじく》られとったんどすやろなぁ。びらびらは濃い桃色や。ええ色してはるわ。奥はぬめぬめと動いて、お汁が溜まってはります。まだ何もしてまへんがな、何でもうこんな濡れてはりますのんや？」

鈴緒が顔を背けたまま答えた。

「……知りまへん」

「ホンマはいややのうて、悦んではるんどすか。それとももともと濡れやすいんどすか。いやらしい匂いがここからしてますぇ。きっつい匂いやなあ。酸っぱそうや」

秀建は、まだその部分の観察を続ける。陰核は小さめだがぷっくりと丸く、表皮から顔を出している。

「鈴緒姐さんのおさね、小そうて、可愛らしいどすなぁ。気が強いわりには、こんな可愛らしいのんをお股につけてはったんどすなぁ。強気なお人やさかい、もっと男のちんちんみたいな大きなおさねや思っとりましたのに、えらい、可愛いらしいわぁ」

心なしか、陰核も震えているようだ。屈辱のためなのか言葉嬲りをされて快感を覚えているからなのか。

「あんたが仕込みはんの頃から、よう兆忍寺を歩いてはったの、私いつも見てたんどすぇ。綺麗なおべべ着て、いつか、おかあはんにもろた簪落としたって探してはりましたなぁ、覚えとりますか？」

　鈴緒は無言で、ただ唇を嚙み締めている。

「私はよぉ覚えてます。私が一緒に簪を探してあげまひょかって声をかけたら、あんたは『不細工な坊主に見られたら、うちまで不細工なんが、移ってしまうわ』そう言わはりましたなぁ。その不細工な坊主に、あんたは頼らなあかんはめにならはった。あんたが旦那のことを笠に着て、偉そうにしてはったから、祇園の姐さん達にも嫌われとるらしいなぁ。私みたいな不細工な坊主しかあんたを助けるもんがおらんやなんて、あんたもえらいこってすなぁ、可哀想な人や。その坊主の前で、三十を超えた、ええ歳やのに、舞妓の格好させられて、こない股開いておめこ見せなあかんようになってしまわはって。これが知れたら、あんた、京都中の笑いもんやなぁ。旦那はんに捨てられて、誰にも助けてもらえん、あげくの果ては、わしみたいなもんに金で身を売らなあかんなんて、なんちゅう気の毒な話や」

　鈴緒は身体を震わせて、ひっくひっくとしゃくり上げて泣いていた。

「……秀建はん、やめておくれやす。そないにしてうちいじめるの、やめておくれやす。あんた、酷いお人や。昔のことは謝ります。せやから許しておくれやす……もう、いじめんといておくれやす……うち、うち、もう死にたい……」

「死ぬことあらしまへんで。そやさかい、助けてあげる言うてますねんやろ」

秀建はそう言いながら、ごつごつした右手の人差し指を鈴緒の陰核の上に置き、ゆっくりと円を描くように回し始めた。

「死なんでも、極楽往生できますんやで。仏様に南無阿弥陀仏を唱えなはれ、この秀建にまかせてくれはったらええんどす」

左手の中指を白い液が溜まっていた鈴緒の中に捻りこむように入れる。

「おう、鈴緒姐さんの中、もう十分に潤ってはりますなぁ。いややとか言いながら、襞々が濡れてはりますなあ。私の指に絡みついてきはりますで、鈴緒姐さんのおめこの襞々が」

「いややぁ……いじめんといて……」

中に入れた指の第二関節を折り曲げて、秀建はゆっくりと出し入れを開始した。指の腹でざらざらの天井をなぞるように出し入れすると、鈴緒の腰が動き始め白い練乳のような液体がさらに奥から溢れ出してきた。同時に、ぷぅうんっと、甘酸っぱい淫臭が漂い、白粉と着物の匂いと混ざり秀建の鼻腔を擽った。

「不細工な男に擦られて、興奮してはりますのんか？　大きなおいどがさっきから揺れてはりますなぁ」

「いやや、やめておくれやす……ぁあ……ぅぅ……」

口から出る言葉と裏腹に鈴緒の腰は浮き上がり、下唇だけ紅を塗ったおちょぼ口からは微かだが喘ぎ声が漏れてきた。

畜生っと秀建は舌打ちしそうになった。この女——思った以上に好き者らしい——男の数は少ないかもしれないが、例の「プリンス」に身体を開発されているのかもしれない——最近、婚約してから、さらに頻繁にテレビに顔を出すようになった歌舞伎役者の顔を思い浮かべて、秀建は嫉妬が込み上げてきた——世の中にはあのように容姿にも恵まれ家柄にも恵まれ、さらには女の身体を悦ばせることまでも巧みな男もいるのだ——

だが自分には、おそらくあの男に負けないだけのものが少なくとも一つはある。秀建は自分の着物の前をはだけ、鈴緒の顔の上を跨ぎ、眼の前に肉棒をにょきりと突き出した。

鈴緒が眼を見開いて驚愕している。その表情が恐怖へ変わるのを、秀建は勝ち誇った顔で見下した。

「大きいどっしゃろ。みんな、ビックリしますんやわ」

鈴緒はブルブルと震えた。口に出さずとも、そんな大きなもの入らないと思っているのだろう。眉を顰め口を開けて呆然としている。

「舞妓はんのおちょぼ口には、大き過ぎますなぁ」

ケッケケッケッと高笑いをした秀建は、そう言いながらも鈴緒を起き上がらせ男根を口に持っていった。

「鈴緒姐さん、たっぷり潤しなはれな、潤さな痛いよって。裂けてしまわんように、あんたが舐めなめするんや。どうでっしゃろ、わしのおちんちんは」

秀建はそう言いながら、その巨大な山芋のような男根で白く塗られた鈴緒の頰を、ぺしぺしと、はたいた。

手を添えなくても秀建の巨大な肉棒は、それが一つの意志を持つ獣のように自在に動く。頰を坊主の男根で叩かれて、鈴緒は黙って唇をきつく嚙んでいた。

「ほな、舐めてもらいまひょか」

秀建は鈴緒の紅をさしたおちょぼ口に自らのものを挿《さ》し込もうとした。

「こんなん……はいらへん……無理どす……」

鈴緒は顔を背けた。

「いつまで上品ぶってはるんどすか。おちょぼ口を、ぱっくり大きく開けてみたらよろしいがな。旦那はんのもさんざん咥えてはったんやろ」

秀建は鈴緒の頭を無理やり自分の股間に向かせた。

鈴緒は観念したように、紅が塗られている下唇を思い切り開いて、喉の奥が見えるぐらい必死に口を広げる。

そこに秀建は、ズボッと勢いづけて挿し込んだ。

「ぅおっ……ぅぉっ……」

声にならない呻《うめ》きを上げて鈴緒は精一杯それを受け入れる。秀建は鈴緒の頭を手で押さえ、出し入れさせる。

すでに「われしのぶ」と言われる形に結われた髪はほどけかかっていた。汗で滲んだ白粉の塗られた肌にべったりとほつれ毛が張りついている。

「大き過ぎてなぁ、いやがられますんやわ。そやけど、たっぷり濡らしたら痛ぅもないし、おめこの中が隙間なくいっぱいに満たされるような感じで、えも言えん感触らしいで。あとでわしが鈴緒姐さんのおめこ、痛とぉないように濡らしますさかいに、大丈夫やで」

秀建は喋りながら、鈴緒の頭を動かして男根を口でしごかせた。鈴緒は苦痛で眉間に皺を寄せている。

ひとしきり、口で潤させたあと、秀建は鈴緒の頭を後ろに引いて、股間から離した。

ゲホゲホと鈴緒が咳《せ》き込む。

「ほな、ゆっくり見せてもらいまひょか」

秀建は咳き込む鈴緒を軽く突き倒すように、もう一度仰向けに横たわらせ、ぐいっと両腕で股を広げた。

あからさまになった股間が曝け出されるのと同時に、鈴緒は顔を背ける。白粉をつけていても、首筋から顔が真っ赤に染まっているのがわかる。歯を食いしばり堪えている様子が哀れでもあった。
花豆はさきほどより表に出て大きくなっているようだ。匂いも酸味が増してきつくなって
いる。

秀建は舌を出して、ぺろんと下から上へ舐め上げた。

「ひぃいいっ！」

鈴緒が仰け反って声を上げる。白い足袋を履いた足が反り返る。

秀建の舌は、まるで芋虫がねぐらを探すようにぐいぐいと穴の中にねじ込まれていった。

ねじ込みながらもぐるぐるとそれは常に動いて内側の襞を舐め回す。ねじこんだ舌に溢れる液が絡みつく、それも秀建は拭い取るように掬う。

女の性器の中で一番敏感なのは陰核なのでそこばかりを責める男が多いが、この内側の襞の中もじわじわと悦びを味わわせることができるのだ。

奥から溢れる液を味わいながら喉へ流し込む。さっきより酸味が濃くなっており、匂いが鼻の奥を刺激する。それが秀建をさらに興奮させた。

舌で鈴緒の中を掻き回しながら、指ではつぶらな花豆を表皮の上から愛でるように撫でていた。時折思い出したように指の腹で、ちょんっと、突いてやると、鈴緒の腰がピクンと動

いた。

鈴緒の尻は白くて滑らかで、吹き出物など全くない艶やかな尻だった。この女はとことんどこまでも美しく生まれてきたのだと思うと、醜い醜いと幼少期から蔑《さげす》まれてきた我が身を思い返し嫉妬が湧き上がる。そんな自分がこんな女を組み敷き抱いていくかと思うと、否が応でも興奮は高まった。

——この女が望むなら一生めんどうを見てやってもいい。家を与え好きな時にこうして抱いてやってもいい——そんなことを思ってしまうほどに。

中から愛液が溢れて京友禅の着物を濡らしていた。それを気にすることも忘れたかのように、鈴緒は先ほどから腰を震わせ喘いでいる。

秀建は舌を抜いて、ふいに花芯にむしゃぶりついた。唇で包み込み、きゅうっと、引き上げる。

「うぎゃあっ！」

と、鈴緒があられもない大声を上げた。一度強く引き上げたあとは、下から上へ三味線の弦《いと》をはじくように舐め上げる。

「堪忍どすっ！　堪忍どすっ！　それされると、うち……うち……たまらんのどすっ！」

頭を揺らし過ぎたのか、鈴緒の髪はほどけ乱れ簪は外れて転がっている。

「鈴緒姐さん、あんた、こんなやらしい人やったんどすか、ほな、ここも感じるんと違いますか？」

秀建はそのまま坊主頭を下げて、手で鈴緒の腰を浮かせる。そうすると眼の前には、幾重もの皺に縁取られ、ぎゅうっと締まった花の蕾があった。蕾は上から流れ落ちた白く粘り気のある液に覆われながら、ヒクヒクと息をするように微かな動きを見せている。

おもむろに秀建はそこに口をつけた。

「ああっ！　堪忍どすっ！　そこはホンマに堪忍どすっ！」

鈴緒がいやいやをするように左右に動いた。秀建は力を入れて足を押さえ、その蕾から口を離さず、ちゅうちゅうと蜜を吸い取るように音をたてて啜った。

「いやどすっ！　堪忍どすっ！」

「あんたの旦那はんは、ここも可愛がっておくれやったんどすか？」

「そんなことは、そこはしはりませんどした！　そやさかい、やめておくれやすっ！　堪忍しておくれやすっ！」

容赦なく秀建はそこに吸いついた。鈴緒の旦那が舐めたことがないのならば、自分が初めてその悦びを教えてやろうと勢いづいて。

愛液が溢れる襞に包まれた穴とは違う匂いがそこからは漂っていた。甘さと酸っぱさに苦味が混じったような独特の香り——花の蜜に白檀《びゃくだん》を混じらせたような香りだった——舌を伸ばし一つひとつの皺をなぞる。

「鈴緒姐はんみたいな人でも、ここから臭いもん、出さはるんどすやろなぁ。どうや、今度、私の前で、出してくれまへんか」

「か、堪忍しておくれやす！」

そこまでの経験はないのだろうか、本気で鈴緒はむずがり恐れているようだった。その嫌がる様が秀建の男根を刺激した。

「もう、鈴緒姐はんのおめこ、十分液《つゆ》が出てきはったやろ、そろそろ、入れさせてもらいまひょか」

秀建は身体を起こし膨張して黒光りし隆々とそそり勃つ肉棒を、鈴緒の濡れ光るその部分に当てた。

「もう、こんだけ潤っとったら、痛ないやろ。痛ぅても最初だけや、すぐにようなるわ」

そう言って膝を進め、数回、肉棒で花びらを撫で花芯を捺ったあと、ゆっくりと挿し込んでいった。

——南無阿弥陀仏——

「あ、ああ……」

鈴緒が仰け反った。唇の紅はすでに涎で流れ滲んでいる。切れ長の眼元の赤と黒の縁取りも涙で輪郭がぼやけていた。結われた髪も乱れ、もうすっかり「舞妓」の姿は崩壊していた。

秀建は鈴緒の胸元をはだいて、赤い半襟をぐっと下に下ろした。弾かれたように飛び出た乳房は、思いのほか大きく血管が浮き出るほど白い肌と薄桃色に大きく屹立している小さな乳首が現れた。乳房を鷲摑みにしながら、秀建は、ぐっと山芋のような野太い男根をそのまま押し込んだ。

「んぁあっ！　堪忍っ！」

鈴緒が声を上げて、その瞬間、襞が秀建の肉塊をキュッと締め上げた。

「ああ、鈴緒姐はん、ええおめこやわぁ。わしのに絡みついてくるわぁ」

秀建は足袋を履いたままの鈴緒の足を摑んで腰を動かした。秀建が腰を動かし出し入れする度に、鈴緒は「ひぃっ！」と、あられもない声を狭い部屋に響かせた。

「うち、うち、もう、あきまへんっ！　いっ！　いっ！　いくぅううううっ！！！」

鈴緒が絶叫したのを見届けて――おう、罪深き女人よ、極楽往生しなはれ、南無阿弥陀と仏の御名を唱えて進ぜよう――秀建はそう唱えながら、帯が巻かれた着物の上に発射した。

鈴緒は着物が汚されたのも気がつかぬまま、股を広げぴくぴくと下半身を痙攣させている。

秀建は立ち上がり乱れ崩れた鈴緒の「われしのぶ」をぐっと両腕で摑むと、放出したあとの大きいままうなだれている肉の棒を顔の前に持ってきた。

「鈴緒姐さん、お掃除や。綺麗にしておくれやす。お掃除もお仕事のうちやって、置屋のおかあはんに教わってはりますやろ」

汗で崩れ流れかけた白粉に塗れた肌に、大きくだらんとした肉の棒をなすりつけられた鈴緒は、呆然としたまま、紅も流れたその唇でちゅうちゅうと先端を吸い、滴る白い液を舐め始めた。その味に嫌悪してか苦虫を嚙み潰したような顔をしながらも、もうどうにでもなれといった様子で、舌を懸命に動かしている。

全て出し切り、肩で息をしながら、秀建は言った。

「……鈴緒姐さん、わしには厄介な癖がありましてなぁ。こう、出しただけやったら満足できまへんのや……おなごはんのな、身体から出る、おしっこを吞みたいんや。ごくごく飲み干したいんや。そやないと満足しまへんのや」

鈴緒の眼は虚ろなままで、ただこくりと頷いただけである。

「鈴緒姐はん、今度はわしがごろりと転がりますさかい、わしを跨いでシャーっとやって欲しいんですわ。わしを便器やと思って、わしの口めがけて思いっきり出して欲しいんや」

虚ろな眼でふらふらとしながら、鈴緒は言われるがままに仰向けに寝転がった秀建を跨いだ。

さきほどの余韻を残し、鈴緒の花園からは蜜が滴り、さらなる淫臭を漂わせている。

「ああ、ええ匂いやわぁ」

これ以上の幸福はない——極楽浄土というものが仮に本当に存在するのなら、今この眼の前にある女陰——それに違いないと秀建は本心から思うのであった。

——南無阿弥陀仏——

「秀建はん……うち……こんなんしたことないねん……出そうやけど、出えへんわ……」

鈴緒が喘ぐように言った。

「シャーっと思い切り出しなはれ。今度はこの坊主に極楽浄土の甘露水を浴びさせて功徳《くどく》を積みなはれ」

「ああ、うち……恥ずかしいねん……出ぇへん……堪忍……堪忍」

秀建の顔の上にある鈴緒の充血してぱっくり開いた女陰が、ぶるぶると震えた。

「堪忍……」

「出ぇへんのやったら、仏様にお願いや。あんたも南無阿弥陀仏と唱えるんや」

鈴緒は言われるがままに合掌し、南無阿弥陀仏と小さくつぶやいた。

秀建はいつの間にか手にしていた数珠の中でも、ひときわ大きな珠を親指と人差し指で摑み、それをぐいっと、さきほどまで自分の肉棒を咥え込んでいた鈴緒の花壺に捻り入れる。

「ああっ！」

その刺激に鈴緒が声を上げた。

「この珠だけはな、一つだけやけど、ずいきでできとるんや。これで襞々をぐりぐりとされたら、疼きがそこから広がりますやろ」

秀建は、そのずいき珠をさらに捻り入れ、鈴緒の膀胱と接した側の襞をぐいぐいと内側から刺激する。

「あかんっ！　それ、あかんっ！　やめておくれやすっ！」

鈴緒の悲鳴には答えず、秀建は押し続ける。

「もうっ……あかん……」

鈴緒が小さくそう呟くと同時に、陰核の下にある小さな穴から、ちょろちょろと苦味と甘味の合わさった黄色の液が噴出した。間髪を容れず、秀建は蛸のように口を尖らせその部分に吸いつき、ごくごくと美しい舞妓から排泄する液体を一滴も零してなるものかと飲み干そうと喰らいつく。

「甘露どす……甘露どす……南無阿弥陀仏……」

連れ込み宿の小さな部屋では喘ぐように泣く鈴緒の声と、その尿を飲み干す秀建の喉の音だけが響き渡っていた。

隣には着物を全て脱いで全裸になった鈴緒が横たわっている。眠っているのか眼を瞑り、一言も発しない。白塗りの化粧はところどころとれて、髪もすっかり解けている。

若き修行僧時代、羨望の眼差しで見つめていたあの少女が三十歳を過ぎ、自分の男根に突かれ絶頂に達し、今、裸で隣に横たわっている――自分は己の努力により、望むものを全て手に入れた。地位、名声、そして――女――絶対に手に入れることなどできないはずだった女を、こうして自由にできる力を手に入れた。

なのに、なぜか、秀建の胸には抗いがたい虚しさが込み上げてきた、痛いほどに。それは精を放ち終えたからという理由だけではない。

秀建はこの宿に泊まる気はなかった。女が寝ているならばそろそろ起こして帰さないといけない。

隣で眼を瞑るこの女は俺の思いどおりになる女だ――それなのにそのことが嬉しくはない。思いどおりになるということは、つまらぬことや。それ以上に望むものがなくなるということなんやから。

鈴緒が眼を開けた。

「……ああ、うち、どないしょ……着替え、あらへん……」

鈴緒は困惑した表情で回りを見渡した。舞妓の衣装は一人で着ることができない。しかも汗と精液と愛液で濡れて汚れている。

「うち、どうしたらええんやろ」

「誰か知りあい呼んで服持ってこさせたらええやないか」

「そやなぁ……」

秀建はしなびた己の男根を手で弄んでいた。鈴緒がすっと身体を寄せて胸を秀建の背中に押しつけてきた。

「……よかったどす……あんなん、初めてどすわ……」

鈴緒がねっとりとした声を出し、秀建を見た。今まで見たことがない媚びた光を帯びた眼だった。

白粉は剝げてまだらになっていて、今まで気づかなかった眼じりの皺も見てとれた。それでも、この女は美しいと秀建は見惚れた——しかし、この女は自分の美しさを男達が思う以上に知っているのだ——あの、舞妓になった「店出し」の日に、羨望や歓喜の眼で自分を眺める人々に眼もくれず、祇園を闊歩したあの日と同じく——自分に全ての人が平伏すのが当然だと信じて疑わないのだ、この女は——あの頃から今に至るまで——

「秀建はん、あんたが旦那はんになっておくれやしたら、うち、嬉しいどすぇ」

鈴緒は上眼遣いで秀建を見たままましな垂れかかった。

秀建はわかっていた――その鈴緒の眼の中に映っているのは、この自分ではないと。この女に必要なのは、自分を賞賛し金を与える男――そのためならば、かつて自分が醜いと罵倒した男にでもこうして媚びてみせることができるのだ。

違う、俺が手に入れたかったのは、こんな女ではない――俺の援助を得るために心の中で見下しながらもしな垂れかかり甘えた声を出す、こんな女ではない――

俺が手に入れたかったのは、あの、悠然と俺を見下し「不細工な坊主に見られたら、うちまで不細工なんが、移ってしまうわ」と言い放ち、無邪気なほどの残酷さを持つ女だ。決して俺などの手に入ることのない極楽浄土に咲く華のような、あの少女――なくした簪を探すのを手伝おうかと俺が手を差し伸べた時に、「いらんこと、せんでぇえ」と言い放ち、手を払いのけた気位の高いあの少女。祇園の町を男衆と共に、我ほどに美しく選ばれた者はいないと、信じて疑わぬが如く闊歩したあの「店出し」の時の姿――あの時の後光を放つ仏のような尊い存在に未だかつて俺は遭遇したことがない――けれど、ここにいるのは――

「さっさと人を呼んで帰ったらよろし。わしは先に帰らせてもらうわ」

身体を添わす鈴緒を押し放つようにして、秀建は立ち上がり、素早く着物を着始めた。

「どないしはったん？　うち、なんか気に障ること言うたんやろか。そやったら、堪忍しておくれやす」

鈴緒が慌ててそう言うのを秀建は背中で聞いた。

気に障ること、か。秀建は苦笑した。「不細工な坊主に見られたら、うちまで不細工なんが、移ってしまうわ」。かつて自分がそう言い放った存在に、嫌われまいと縋りつこうと必死になって媚びているこの女が哀れでもあり、憎くもあった。

「安心しとき。二千万円は明日間違いなく振り込んどくわ。そやけど、今までみたいなやり方やったら、また同じことやで。鈴緒はん、あんさんも、もういつまでも若こぅないんやからなぁ。祇園でこれからも生きていくんやったら、いつまでも娘はんのままのつもりやったら、あかんのちゃうか。ずっと自分はちやほやされるって、勘違いしはったから、こういう結果になったんやで。力があったんは、あんたの旦那はんやったお人で、あんた自身やないで。そこらへん、ずっと勘違いしてはったんやろうなぁ。あんたの媚は、もう通用しまへんでぇ。わしも、祇園の衆も、男はん達も、あんたが思うてはるほどには、あほうやないんやっちゅうことを、そろそろわからなあきまへんで」

そう言って着物を着終えると、秀建は振り向いて鈴緒のほうを見た。

鈴緒は戸惑い、言われたことが理解できないのか、眼を泳がせながらも口角を上げ、必死に笑顔を作ろうとしている。愛想をして、まだ眼の前の男を言いなりにしようとする――それしか今は、できないのだ。自分の美貌と媚で男を従わせるしかできぬ哀れな女。

自分が長く見下してきた醜い男、自分を崇拝し続けて二千万円を出した男――この男なら、これから自分が思いどおりに動かせるとでも思っていたのだろう。その男が冷たく背を向けて自分を残したまま帰ろうとしている様子を受け入れられないようだった。

「ほんまにあんた、可哀想な女やなぁ」

秀建はとどめを刺すようにそう言い放った。鈴緒は相変わらず言葉が見つからないようで黙っていた。

「ほな、あんたも元気でな」

秀建はにっと笑った。「京都のえべっさん」と言われ親しまれている顔を作り上げて。

鈴緒を残したまま秀建は宿の外に出て、安井金比羅宮の境内を通り抜け木が繁る参道に出た。夜空を眺めると月も星も見えなかった。

誰もいない暗い森の中で静寂な闇だけが秀建を包み込む。

――南無阿弥陀仏――

そう唱えた。

猛烈に、女を抱きたいという欲望が湧きあがり、肉棒が再びそそり勃った。

たくさんの女を組みしだき、犯し、匂いを嗅ぎ、尿を飲みたいと――とにかく、ひたすら、いくつになるまでこの男根が勃つのかわからないが、できるなら死ぬまで数えきれぬほどの女と交わり喰らいつきたい。この世にいる全ての女と――

自分の欲望はそこにしかない。そしてそのために自分は生きているのだ。

――南無阿弥陀仏――

仏よ、願わくば、この秀建、仏の元に召される時は、女の股座に顔を埋めて匂いを味わいながら、往生をさせてくれまいか。

――南無阿弥陀仏――

もう一度そう唱えると、秀建は、都に巣食う妖獣――鵺《ぬえ》の鳴き声にも似た甲高い笑い声を響き渡らせ、陰鬱《いんうつ》な森の闇の中に紛れるように姿を消した。

一千年の昔から、人々の情念を糧にして命を長らえてきた鬱蒼《うっそう》と茂る木々は、闇に全てを委ねるかのように夜風に枝を揺らしていた。

妖僧の鵺の咆哮のような笑い声が、月のない空の下の沈黙する森にいつまでも鳴り響いていた。

あとがきにかえて

「願わくは　花の下《もと》にて　春死なん　その如月《きさらぎ》の望月の比《ころ》」

桜が満開の二〇一一日四月、隅田川に浮かべた屋形船にて団《だん》先生は西行法師のこの歌を詠まれた。

そして、そのとおりに春の終わり、八重桜が散り始める頃に亡くなった。

願わくは春死なん——訃報を聞いた時に、驚きはしなかった。花見の時のご様子から、ご本人の話からその時が近いであろうことは感じていた。それでもこんなに見事に、遅咲きの桜が散る時に、春の終わりに逝《い》ってしまうなんて——見事だ、粋だと、思った。最後まで、「団鬼六《おにろく》」は「団鬼六」だった。

そもそも私が「団鬼六賞」に応募したのは、それが大ファンである文豪の名を冠にした賞であるからだ。二〇〇九年の秋から幾つかの新人賞に小説の応募はしていたが官能小説というジャンルは自分には書けないと思い込んでいた。アダルトビデオ等について雑誌やブログで書いてはいたものの、自分には男を勃起させるための小説を書く力は無いと官能というジャンルは避けていたが、本屋で官能文芸誌『悦』を手にとり「第一回団鬼六賞」の存在を知った時に、これだけはどうしても応募しなければと思った。それが「団鬼六」の名を冠していなければ、未だに官能小説は書いていないだろう。

二十代半ばの頃、ふと好奇心で古本屋で『新 夕顔夫人』を手にとった。それまで団鬼六という名前は知っていたが読むのは躊躇いがあり機会も無かった。太田出版から発売されたこの『新 夕顔夫人』は今でも持っている。後に、この本を編集されたのが団鬼六賞主宰の松村由貴さん（現・大航海出版局長）だと知る。

『新 夕顔夫人』は衝撃だった。凄まじく淫靡で狂いそうなほど興奮した。当時は二十二歳上の初めての男に言われるがままに貢いだあげくサラ金地獄の生活で貧しく返済で多忙な日々だった。その中で古本屋を巡り「団鬼六」作品を購入した。当時、幻冬舎アウトロー文庫を中心に官能以外の小説、エッセイ集なども出版されていたので全て読んだ。官能小説で性的に興奮し自慰をして、愛すべきアウトロー達を描いた『真剣師 小池重明』『外道の群れ』などの小説に心を鷲摑みにされ、寝取られた男の切なさと愛おしさを描いた『不貞の季節』で涙した。団鬼六の小説、エッセイはどれもこれも読書という快楽を与え続けてくれた。

私は団鬼六の描く世界に酩酊した。人間の業を肯定し、人間を愛するその世界にひれ伏した。

敬愛する作家の名前を挙げる時は、いつも「山田風太郎、坂口安吾、司馬遼太郎、団鬼六」この四人の名前を挙げた。その中で、唯一、現代に生きて書き続けていたのが「団鬼六」だった。

その名を冠された賞があると知った時、そして敬愛する大文豪が自ら選考委員に名を連ねているのを知り、どうしても応募しなければ後悔すると思ったのだ。官能小説を書くのも、三人称の小説を書くのも初めてだったけれど、やらぬ後悔をするよりはいい。

そして二〇一〇年八月半ばに最終候補に残ったと連絡があった。その頃は、自分が小説家になれる可能性なんて無いだろうと思いつつも、他に道は見えず出口の見えない暗いトンネルをふらふらと彷徨っているような日々だった。最終候補に残ったと聞いた前日には、京都太秦《うずまさ》の映画村にて、京極夏彦先生と初めて言葉を交わす機会に恵まれた。その「作家」としての輝きに目が眩みながらも、自分には手の届かないものだと思っていたのに一夜にてわずかな光が見えたのだ。

けれどそうなると、別の辛さが芽生えた。いっそ最初から候補になど残らず可能性がゼロのほうがよかったんじゃないかとか。結果を待っていた一か月間、俎板《まないた》の鯉になるしかないとはいえ、どこかに祈らずにはおれず団先生の生まれ故郷である彦根市に行き、彦根城に上り琵琶湖を眺めた。その足で、滋賀県長浜市高月町へ、ペンネームの由来ともなった渡岸寺観音堂の十一面観音様のところにも行った。

九月十八日の夜に、「大賞を受賞しました」との連絡があった。

その後、団先生の癌の転移等で、団鬼六賞の授賞式は伸びて二〇一一年の三月となった。けれど入院されていたので授賞式には参加されるかどうかは当日までわからなかった。そして三月十一日、未曽有の災害が起こる。東京ではあらゆる行事が自粛され授賞式の開催も危ぶまれた。停電もあるし食糧も無い。けれど「団鬼六」というアウトロー文学の巨匠の名を冠した賞だからこそ、首都が混乱する中、二二日に決行された。もともと団鬼六文学の傑作『花と蛇』は戦後の焼け野原となった日本の重苦しい空気を纏い、そこから道徳やルールをぶち破り世に出でた爆発的な性の饗宴を描いたエネルギー溢れる作品である。震災により沈鬱な空気が漂うその時だからこそ、「団鬼六文学」は存在すべきであった。私は新幹線で東京に向かい、授賞式の会場に行った。会場で「今日、団先生が来られる」と聞いた。自らの名を冠した賞だからこそ、自分が行かねばと足を運んでくださったのだ。

初めてお会いした団先生は、だいぶ痩せて小さくなっておられた。それでもさすがにサービス精神たっぷりのスピーチを披露された。

授賞式には七十歳を過ぎて現役でアダルトビデオを撮り続けているアダルトビデオ界の巨匠・代々木忠《よよぎただし》監督も来てくださり、「団さん久しぶり！」と、団鬼六先生に声をかけられた。三月の上旬に代々木監督が映画のキャンペーンで大阪に来られた際、授賞式に来てくださるようにお願いした時、

「俺は団先生と、つくづく縁があるんだよな」

と代々木監督が感慨深げに呟かれた。以前、代々木監督と団先生は一緒に映画に出られたこともあるそうだ。そして代々木監督が作られたプロダクションの女優第一号が愛染恭子《あいぞめきようこ》さんだ（愛染恭子さんは今でも代々木監督のことを「社長」と呼ばれている）。愛染さんと団先生の長く深い繋がりは説明するまでもない。稀代のセックスシンボルである愛染さんの女優引退作は団先生原作の『奴隷船』だった。また代々木監督の奥様、元女優の真湖道代《まこみちよ》さんは日活ロマンポルノで活躍された方で、九月に私が真湖さんにお会いした時に、

「団先生には本当にお世話になったんです。お会いされたら、よろしくお伝えください」

とおっしゃった。

授賞式より少し前、京都で東映の巨匠・中島貞夫監督にお会いする機会があった。偶然に

しては出来過ぎた話なのだが、その直前に読んでいた団鬼六先生のエッセイの中にちょうど中島監督が登場されていた。若き日の中島貞夫監督が鬼プロに「六大学の乱交映画を撮りたい」と訪ねてきたエピソードだった。

中島監督に、もうすぐ東京で授賞式なんですとお話ししたら、

「団先生にはね、俺の映画に出て貰ってるんだ。もし団先生に会ったら、俺はまだ生きてるよ！　って伝えてくれよ」

と、にっこりと笑顔を見せてくださった。

授賞式で、私は長く自分の性と生を掻き立てられた作品を書き続けてきた大作家と初めて対面した。緊張して言葉が出なかった。

数日後、第一回団鬼六賞大賞受賞作『花祀り』は発売された。京都の町家を改造した密室で、女が大勢の京都の権力者達に犯される物語。帯には「団鬼六激怒！」とあった。これは本当の話だ。官能描写が全然できていない、女体が描けていないから駄目だ、これじゃあ賞はやれないと、選考会で発言されたそうだ（その後、加筆修正を繰り返し発売に至った）。

授賞式の時に、「花見に来ないか」と団先生に誘われた。隅田川に屋形船を浮かべて花見

をするのだと。

四月十日、空は見事に晴れていた。夜行バスで京都から来てホテルに荷物を預け浜松町へ向かった。山手線の車窓から見える桜は、どこも満開だった。

団先生からいただいた花見の誘いのFAXには、

「私としてはこれがいよいよ最後のドンチャカ騒ぎだと思います」

と、あった。

花は紅、柳は緑。最後のドンチャカ騒ぎ——団先生にどうしても会おうと、私は東京へ行った。

隅田川に屋形船を浮かべ、酒を飲んだ。団先生のご家族や編集者の方々、作家の丸茂《まるも》ジュンさんや棋士の方達の顔も見えた。団先生の奥様の安紀子さんは、明るく陽気に場を盛り上げておられて、素敵な方だった。「観音さん、お賽銭箱持ち歩きなさいよ！　観音さんなんだから！」と声をかけられた。

東京の桜を見るのは生まれて初めてだ。仕事柄いつもこの時期は忙しく関西から離れられなかった。隅田川沿いの桜は満開で人も多い。船の屋上に上り、目の前には東京スカイツリーが見えた。団先生は人に支えられながら、満開の桜を眺めていた。空は晴れ渡り桜は咲き誇り、これ以上はない花見だった。

船が戻り始め、団先生がマイクを握って挨拶をされた。正直、だいぶ舌がもつれていたが、東日本大震災のことなどを話された。そして、上記の西行法師の歌を詠まれたのだ。

願わくは花の下にて春死なん――

皆が口々に「先生、今度は花火船を出しましょう」「来年も花見をしましょう」と言っていた。目頭を押さえている人もいた。

この花見に初めて参加して、団先生とも二度しか会っていない私がこんなふうにわかったようにいうのを不愉快に思われる方もいるかもしれないし、月並みな言葉しか出てこない自分も嫌なのだけれども、団先生は、皆に愛されているのだと感じた。

そして家族に囲まれ慕われる団先生の姿を見て、一人の「父」としても幸せな人生を送られてきたのだと思った。そうやって愛され、慕われ――それ相応のことを周りに施されて、与えられてこられたのだろう、と。

それはとても、幸福な光景だった。

船が着き、最後に全員で写真を撮った。帰りの挨拶をした時に、団先生が、「頑張って」と、言ってくださった。涙がこみ上げてきたのをぐっと抑えた。

多分、これが最後だ、この花見が今生の別れになるだろうと、予感はした。

だから訃報を聞いた時も驚かなかった。あの隅田川の屋形船の花見の日からこの日が遠くないことは感じていたから。けれど、まさかあの時に西行の歌のとおりに、春の終わり八重桜の散る頃に逝ってしまわれるなんて――最後まで粋でかっこよすぎる。見事だと、あっぱれだというしかない最期じゃないか。

隅田川の屋形船の花見のお誘いのＦＡＸを見た時に思い出したのが、豊臣秀吉の醍醐の花見のことだった。太閤・豊臣秀吉が亡くなる前に催された醍醐寺での盛大な花見。秀吉の命が永くないことを察していた醍醐寺の座主の義演が花を移植し天下人・秀吉に相応しい華美な舞台を作り上げ、千三百人が集い桜を愛でたという花見。その五か月後に秀吉は「露と置き　露と消えぬる　わが身かな　浪華のことは　夢のまた夢」の辞世の句を残して亡くなった。

織田信長のように怜悧《れいり》でも、徳川家康のように堅実でも無かったかもしれないが、誰にも負けぬ艶やかに彩られた花を豊臣秀吉は持っていた。華やかに咲き誇り、時代を飾り、大輪の花を咲かせたまま逝った秀吉と、団鬼六先生が重なった。秀吉の辞世の句が「夢のまた夢」ならば、団先生が度々描かれた閑吟集の句も「一期は夢よ　ただ狂へ」。

ただ一つ違うのは、晩年の秀吉は朝鮮出兵、利休や秀次を死に追いやり晩節を汚したが、団鬼六先生は最後までアウトロー文学の巨匠であり、性と生を愛し、人間賛歌を歌い続けたまま、その生涯を閉じられたことだ。

あちらの世界には小池重明《こいけじゆうめい》、たこ八郎など団先生が愛し描き続けてきた人たちもいる。酒を酌み交わそうと団先生を待ちかねていた人達が——

夢幻や　南無三宝

くすむ人は見られぬ　夢の夢の夢の世を　うつつ顔して

何せうぞ　くすんで　一期は夢よ　ただ狂へ

（閑吟集）

私はバカで阿呆でロクでもない人生を歩んできた。二十代の時は欲に溺れくだらない男に惚れて貢ぎ、三十路を越しても懲りずに自分を傷つけ痛めつける男ばかりに狂い正しくない道を選び堕ちることを繰り返してきた。何度も死にたいと願ったし、人を殺そうと思ったこともある。泣いて喚いて、また溺れて、憎んだり恨んだり自分のような人間は死んだほうが世のため人のためだと信じて生きてきた。死ぬ勇気は無いから誰か殺してくれないかと未来を見る目を塞いでふらふらとロクでもない生き方をしてきた。決して褒められる人生ではないどころか、生まれ変わるなら、二度とこんな人生はごめんだ。それでもここまで生きてこられたのは、団先生のように理性や理屈を超えた人間の業を描き愛する作家が存在したからだ。人に惚れて狂ってバカにされても非難されても後ろ指をさされても、それが人間なんだからええやないか、遊べや狂えやと、人の愚かな欲や、どうしようもない業を肯定し、人間を愛してくれる「団鬼六の文学」があったから、生きてこられた。

「団鬼六賞」この冠が、時に重い。自分にとってあまりにも偉大な存在であるからだ。書きたいことは溢れているけれど自信なんぞない。相変わらずバカでヘタレで迷い落ち込むばかりだ。それでもこうして「団鬼六」の冠をいただくことができた御縁というものを信じてこれからも書き続けていきたい。長年、敬愛し続けた大作家の名のついた賞を団鬼六先生ご自身からいただけたのだから。

最後に、花見をご一緒できて良かった。隅田川沿いの満開の桜を。
そして別れ際にかけてくださった「頑張って」という言葉は一生忘れない。

さようなら、団鬼六先生。

ありがとうございました。

二〇一一年　五月
花房　観音
（ブログ「歌餓鬼抄」より転載）

この作品は二〇一一年三月無双舎より刊行されたものを
文庫化にあたり大幅に加筆修正したものです。

幻冬舎文庫

●最新刊
さようなら、私
小川 糸

帰郷した私は、初恋の相手に再会する。昔と変わらぬ彼だったが、私は不倫の恋を経験し、仕事も辞めてしまっていた……。嫌いな自分と訣別し、新しい一歩を踏み出す三人の女性を描いた小説集。

●最新刊
神様のすること
平 安寿子

物語を書くことにしか情熱が持てないわたしが四十歳間近で願ったのは、〈親を見送ること〉と〈書くこと〉。神様は、わたしの願いを聞いてくれた——。肉親との別れを綴った、超私小説。

●最新刊
リテイク・シックスティーン
豊島ミホ

高校に入学したばかりの沙織はクラスメイトに「未来から来た」と告白される。イケてなかった青春をやり直すのだ、と……。せつなくもきらきら輝く、青春小説の大傑作！

●最新刊
変身写真館
真野朋子

どんな女性も大胆に、美しく変身させてくれる写真スタジオ「プルミエール」。勇気を出して「変身」した女性たちは、写真の中だけでなく、人生も少し変わったことに気づくのだった——。

●最新刊
マサヒコを思い出せない
南 綾子

かっこよくて自惚れ屋で自分勝手。絶対に女を幸せにしない男、マサヒコ。束の間彼とすれ違い、交わった六人の女たちは、彼を捨てることで人生の一歩を踏み出す——。赤裸々で切ない連作小説。

花《はな》祀《まつ》り

花房《はなぶさ》観音《かんのん》

平成25年2月10日　初版発行
令和4年11月30日　5版発行

発行人――石原正康
編集人――高部真人
発行所――株式会社幻冬舎
〒151-0051東京都渋谷区千駄ヶ谷4-9-7
電話　03(5411)6222(営業)
　　　03(5411)6211(編集)
公式HP　https://www.gentosha.co.jp/
印刷・製本―近代美術株式会社
装丁者――高橋雅之

幻冬舎文庫

ISBN978-4-344-41980-3　C0193　は-22-1

この本に関するご意見・ご感想は、下記アンケートフォームからお寄せください。
https://www.gentosha.co.jp/e/